celarius verlag

D1844242

Christine Bernauer-Keller, geboren 1962 in Freiburg i. Br., studierte Betriebswirtschaft und Fremdenverkehrswirtschaft und lebt heute als freie Schriftstellerin mit ihrer sechsköpfigen Familie in der Südwestpfalz. Von Christine Bernauer-Keller bereits erschienen sind: *Wo bitte geht´s denn hier zum Himmel?* (2001) ISBN 3-8267-4789-5, *Rondo familioso für ein Sextett* (2002) ISBN 3-8267-4961-8, sowie zahlreiche Veröffentlichungen von Prosa und Lyrik in Presse, Zeitschriften und Lyrikanthologien.

Christine Bernauer-Keller

Wer ist Johann Bleibtreu?

Novelle

ISBN 3-9809053-0-6

Alle Rechte vorbehalten
Umschlaggestaltung: Anni Depuhl-Roth, Eschbach/Pfalz
Umschlagbild: Lilo Kreft-Hirschinger, „Rückenakt Susann“
Gesamtherstellung: Druckerei Roth, Karlsruhe

Printed in Germany

celarius verlag e.K.
Felsenstraße 10, 66994 Dahn
Fax: 06391-5544 oder 06391-993569
celariusverlag@yahoo.de
www.celarius-verlag.de

1. Tag

Aufbruch

Wie immer wandte sich Margarete nicht um, als er von ihr Abschied nahm, noch nicht einmal heute, als er sich für drei Tage von ihr verabschieden musste.

Johann Bleibtreu aber, mit jeder ihrer Eigenarten vertraut, hatte nichts anderes erwartet und küsste nur sachte, fast ohne ihn zu berühren, ihren Rücken. Reglos blieb sie, seine Margarete, doch er verzieh ihr schnell. Ein letzter Blick auf ihren dicken geflochtenen Zopf und jene widerspenstige Haarsträhne, die sich nicht dem lockeren Band, das ihre üppige Haarpracht zusammenhielt, fügen mochte. Dann griff er seinen Koffer, klemmte die Aktentasche unter den Arm und verließ sein Büro.

Johann Bleibtreu hatte sich ein Taxi bestellt, das schon wartete und ihn zum Bahnhof brachte. Bis der Zug fuhr, hatte er noch ein wenig Zeit. Er erkundigte sich nach dem richtigen Bahnsteig und setzte sich dort auf eine Bank. Es war angenehm von Menschen umgeben zu sein, deren Blicke sich nur flüchtig streiften ohne dabei wirklich Kontakt zu suchen. Allein und doch nicht allein. Johann Bleibtreu lehnte sich zurück. Es war zugig, wie immer auf Bahnhöfen, und die eisige Winterluft bohrte sich erbarmungslos durch seinen Mantel. Er überlegte, ob er aufstehen und umhergehen sollte, um sich von der Kälte abzulenken. Doch in Anbetracht seines Koffers und seiner Aktentasche, die er hätte mit sich umher tragen müssen, beschloss er sitzen zu bleiben. Er stellte den Kragen seines Mantels und rieb sich die Hände. Lange konnte es nicht mehr dauern. In wenigen Minuten müsste der Zug einfahren. Fahrplanmäßig jedenfalls.

Unmittelbar vor Johann Bleibtreu fiel sich ein junges Paar in die Arme, um Abschied zu nehmen. Der junge Mann redete auf seine Begleiterin ein, doch schienen seine Worte den Tränenfluss der jungen Dame nicht aufhalten zu können. Abschied nehmen. Johann Bleibtreu wandte sich ab. Er hatte es einfacher gehabt.

Neben ihm rang eine junge Mutter mit der Ungeduld ihrer Kinder. Unermüdlich zog sie ihre Kinder von der Bahnsteigkante zurück, bis sie die beiden schließlich an die Hand nahm.

Mittlerweile drängten sich immer mehr Menschen auf dem Bahnsteig um Johann Bleibtreu herum. Die junge Frau weinte noch immer an der Brust des jungen Mannes. Die beiden Kinder brüllten noch immer an der Hand ihrer Mutter.

Da drang eine Lautsprecheransage durch den Lärm des Bahnhofes. Der Zug nach München, sein Zug, der Zug, auf den alle hier warteten, habe eine Viertelstunde Verspätung, hieß es. Ein Aufstöhnen lief durch die Reihen der Wartenden. Das Paar fiel sich wieder in die Arme. Die junge Mutter kämpfte weiter mit ihren Kindern und ihren Nerven. Johann Bleibtreu schüttelte verständnislos den Kopf. Wie konnte ein moderner Zug heute noch Verspätung haben, fragte er sich. Eigentlich dürfte so etwas nicht mehr passieren. Er überschlug, wie viel Zeit ihm in München trotz der Verspätung zum Umsteigen noch blieb und musste feststellen, dass es sehr knapp werden konnte. Sein Anschlusszug nach Garmisch war der letzte, der von

München aus heute Abend noch fahren würde. Hilfe suchend sah sich Johann Bleibtreu nach einem Schaffner um, von dem er sich Informationen über den weiteren Verlauf seiner Reise erhoffte. Er griff nach seinem Koffer, klemmte die Aktentasche unter den Arm und kämpfte sich mühsam zwischen den abgestellten Gepäckstücken und wartenden Menschen zu einem uniformierten Bahnbeamten durch.

„Entschuldigen Sie", begann er vorsichtig, „werde ich den letzten Zug nach Garmisch in München noch rechtzeitig erreichen?"

Der Schaffner blätterte ohne aufzusehen in seinem Fahrplan. „Der Zug nach Garmisch muss eigentlich auf den Zug nach München warten."

„Was heißt *eigentlich*?", fragte Johann Bleibtreu.

„*Eigentlich* heißt, dass er nicht *unbedingt* wartet. Er müsste warten, aber es kann ebenso gut sein, dass er es nicht tut."

Ungläubig sah Johann Bleibtreu den uniformierten Bahnbeamten an. „Und wenn die Fahrgäste, die umsteigen müssen, ihre Anschlusszüge verpassen und nicht mehr von München wegkommen heute Abend", hakte er nach, „das kann doch wohl nicht sein?"

Der Bahnbeamte zuckte die Schultern. „Sein kann alles! Da kann man nichts machen. So etwas kommt schon mal vor. Es gibt ein Hotel neben dem Münchner Hauptbahnhof." Mit diesen Worten wandte sich der Schaffner einem Kollegen zu, der ihm etwas zuraunte, woraufhin beide davon eilten.

Johann Bleibtreu stand wie angewurzelt. Er mochte nicht glauben, was er gerade gehört hatte. Wenn sein Anschlusszug in München nicht warten würde, obwohl es eigentlich ein diesem Schnellzug nachgeordneter Zug ist, dann, ja dann würde er in München festsitzen. Er würde sich ein Hotel suchen müssen, eines in der Nähe des Bahnhofes, vielleicht das, von dem der Schaffner gesprochen hatte. Und wenn es keine freien Zimmer mehr gibt? Er würde auf jeden Fall erst am nächsten Morgen nach Garmisch weiterfahren können. Er würde viel zu spät zur Tagung erscheinen und ...

In diesem Augenblick ertönte wieder die Lautsprecherstimme und kündigte das Einfahren des erwarteten Schnellzuges nach München an. Die Verspätung hatte sich auf zehn Minuten verkürzt, und Johann Bleibtreu rechnete noch einmal schnell nach. Ja, so könnte es vielleicht noch reichen. Er ließ sich von den drängenden Menschen zum Einstieg seines Wagens schieben. Die Türen öffneten sich und der Zug spukte ankommende Reisende aus, die sich, die Koffer voran, durch die ungeduldig Wartenden am Einstieg zwängten. Endlich konnte Johann Bleibtreu sein Gepäck nach oben in den Wagen hieven und stieg hinterher. Mit seinem Koffer in der einen und der schwarzen Aktentasche in der anderen Hand quälte er sich durch die überfüllten Gänge, bis er das Abteil fand, in dem er sich einen Fensterplatz reserviert hatte. Sein Platz war besetzt. Noch einmal vergewisserte er sich an der Tafel außerhalb des Abteils, dass er hier beim richtigen Abteil angelangt war, doch es schien tatsächlich jemand seinen Platz besetzt zu haben. Johann Bleibtreu zögerte. Hinter ihm drängten die anderen Fahrgäste von beiden Seiten kommend, schimpften und murrten. Sein Koffer blockiere den Gang, man komme nicht weiter. Johann Bleibtreu schob die Abteiltür zurück,

zog sein Gepäck hinter sich in das Abteil hinein und kramte nach seiner Platzreservierung.
„Entschuldigen Sie vielmals", begann er höflich auf seine Platzreservierung deutend, „aber ich fürchte, Sie sitzen auf meinem Platz."

Den Angesprochenen schien dies unbeeindruckt zu lassen. Er machte keine Anstalten, sich zu erheben. Johann Bleibtreu streckte dem Platzbesetzer seine Reservierung entgegen.
„Bitte schön, mein Herr, schauen Sie! ... Ich habe diesen Fensterplatz für mich reserviert." Doch auch diesmal fanden seine Worte keine Wirkung. Die zwei Plätze am Gang waren jedoch noch frei, und so beschloss Johann Bleibtreu sich vorübergehend hier hin zu setzen, um bei der nächsten Fahrkartenkontrolle den Schaffner um Hilfe zu bitten. Die anderen Fahrgäste im Abteil wandten sich wieder ihren Beschäftigungen zu. Der Zug rollte an und setzte seine Fahrt fort. Der Zugführer stellte sich über Lautsprecher vor und versprach, die Verspätung auf der Strecke wieder aufzuholen. Johann Bleibtreu griff nach einem der ausgelegten Fahrpläne, dann nach dem abgegriffenen Zugmagazin, vermochte jedoch nicht sich darauf zu konzentrieren. Eigentlich hatte er sich vorgenommen, seinen Vortrag, den er morgen Abend auf der Ärztetagung am Eibsee bei Garmisch halten sollte, noch einmal zu überarbeiten. Aber erst, wenn er auf seinem ihm zustehenden Platz sitzen würde. Hier, auf diesem Platz hatte er nicht die nötige Ruhe dazu. Ständig stieß jemand gegen die Glasscheibe, die das Abteil vom Gang trennte. Soeben hatte sich eine junge Frau mit einem breiten Hinterteil in einer verschlissenen Jeanshose dagegen gelehnt. Die Hose

hatte an einer Stelle, die die Unterwäsche durchschauen ließ, einen ausgefranzten und offensichtlich so gewollten Schlitz, der sich auf der Höhe von Johann Bleibtreus Gesicht an die Scheibe drückte. Mit jeder Bewegung des Zugs rutschte das Hinterteil an der Glasscheibe hin und her und auf und ab. Der ausgefranzte Schlitz öffnete, verzog, und schloss sich. Margarete kam ihm in den Sinn, ihr Körper, ihre Formen. Wie oft schon hatte er sich in ihren Anblick vertieft. Doch niemals hatte er ihrem Gesäß allein besondere Aufmerksamkeit gewidmet. Bei Margarete war es Teil eines vollkommenen Ganzen, dazugehörig zu ihren runden Hüften und ihrem langen, schlanken Rücken. Niemals hatte er gewagt, sie dort zu berühren. Niemals wirkte sie, die Vollkommene, wenngleich unbekleidet, gewöhnlich oder gar aufdringlich, wie der breite Hintern mit dem Schlitz in der Hose, der sich hier neben ihm an der Scheibe platt drückte.

Johann Bleibtreu zog den Vorhang vor. In diesem Augenblick öffnete sich die Abteiltür und der Schaffner trat ein. „Jemand zugestiegen?", rief er. „Die Fahrkarten bitte!"

Johann Bleibtreu zog seine Fahrkarte und Platzreservierung hervor und streckte sie dem Schaffner hin. Dieser knipste sie ab und reichte sie ihm kommentarlos zurück. „Ach, ... entschuldigen Sie bitte", sagte Johann Bleibtreu schnell, „ich glaube, der Herr dort am Fenster sitzt auf meinem Platz."

Der Schaffner warf einen Blick auf die Platzreservierung und nickte. „Möchten Sie auf Ihren Platz am Fenster?"
„Oh ja, ich ... ich bitte darum", versetzte Johann Bleibtreu eilig.
„Na, junger Mann, dann stehen Sie mal auf!"

Mit einem frechen Grinsen erhob sich der Platzbesetzer betont langsam und ließ sich gemächlich auf dem Sitzplatz am Gang nieder, den Johann Bleibtreu erleichtert freigemacht hatte. Die anderen Fahrgäste wandten sich wieder ihren Beschäftigungen zu und der Schaffner verließ das Abteil. Johann Bleibtreu drückte den überfüllten Aschenbecher unterhalb des Fensters zu und lehnte sich zurück. Mit Unbehagen fühlte er die Körperwärme des jungen Mannes, die noch aus dem Sitz strömte, was für sein Empfinden abstoßend und unangenehm intim war, tröstete sich aber damit, dass der verantwortliche Schaffner doch immerhin für Ordnung gesorgt hatte. Schließlich sei es dessen Pflicht, überlegte er, denen, die Platzreservierungen vorweisen können, ihren zustehenden Sitzplatz zu verschaffen. Er hatte der Bahngesellschaft dafür ja schließlich auch etwas bezahlt. In den meist völlig überfüllten Wochenendzügen sei das unbedingt empfehlenswert, hatte ihm der Bahnbeamte am Schalter gesagt und damit offensichtlich recht gehabt.

Der junge Mann hingegen schien sich bestens auf seinem neuen Platz eingerichtet zu haben. Er hatte den Vorhang wieder zurückgeschoben und war sogleich in Kontakt mit dem breiten Hinterteil getreten. Die Jeansträgerin ihrerseits hatte ihn durch Handzeichen aufgefordert zu ihr heraus zu kommen. Bis sich der junge Mann allerdings endlich erhob, ging das lautlose Hin und Her zwischen den beiden noch eine Zeitlang weiter, sehr zur Erheiterung der übrigen Fahrgäste. Johann Bleibtreu, gleichermaßen befremdet und abgestoßen von diesem Beispiel jugendlicher Anmache, atmete erleichtert auf, als der hemmungslose Kerl endlich die Schiebetüre aufschob und in den Gang hinaus trat.

Eine dicke Rauchwolke quoll in das Abteil. Die Dame neben ihm begann zu husten. Johann Bleibtreu wagte nicht ungefragt das Fenster zu öffnen. Er schaute hinaus auf die vorbei rauschende Landschaft und versuchte sich zu entspannen. Ein Fahrgast schloss die Abteiltüre, womit nun auch kein Rauch mehr eindrang. Abgeschlossen und ausgeschlossen. Eine Welt hinter Glas. Hin und wieder warf Johann Bleibtreu einen Blick durch die Abteiltür auf den Gang. Die junge Frau mit der abgewetzten Jeans und der Platzbesetzer rauchten ununterbrochen und unterhielten sich lebhaft. Der junge Mann schien glücklicherweise keine Absicht zu hegen, wieder in die Abgeschlossenheit des Abteils zurück zu kehren.

Nachdem Johann Bleibtreu ein wenig zur Ruhe gekommen und eine Zeitlang seinen Gedanken nachgehangen war, die ebenso kamen und gingen, wie die sich ständig ändernden Landschaftsbilder draußen, beschloss er, endlich, an seinem Vortrag zu arbeiten und nahm seine Unterlagen aus der Aktentasche. Die anderen Fahrgäste lasen oder schliefen. Es war ruhig im Abteil und das monotone Rattern des Zuges entspannte auch ihn mehr und mehr. Schon nach kurzer Zeit kämpfte er wider Willen gegen einen wohligen Schlummer, der sich bereits über die anderen Mitreisenden gelegt hatte. Doch bald gab er den Kampf auf und ließ sich von der süßen Gedankenverlorenheit auf ihren breiten Schwingen langsam mit sich fort tragen. Er schloss die Augen und nickte ein.

„Kaffee, Tee, Erfrischungsgetränke!" Die Abteiltür wurde aufgedrückt. Der Kopf des Minibarbetreibers erschien.

Johann Bleibtreu schreckte auf. Die Aktentasche, auf der er seine Vortragsunterlagen ausgebreitet hatte, glitt zu Boden. Der Herr ihm gegenüber bückte sich und wollte ihm helfen. Johann Bleibtreu winkte dankend ab und suchte die Seiten hastig selbst zusammen.

Die Dame neben ihm ließ sich einen Kaffee reichen, der in einem großen Pappbecher ohne Henkel ausgeschenkt wurde. Ein anderer Fahrgast kaufte eine Dose Bier. Die Schiebetür schloss sich wieder ebenso geräuschvoll, wie sie geöffnet worden war, die Minibar zog weiter.

Johann Bleibtreu begann die Seiten seines Manuskriptes wieder in die richtige Reihenfolge zu bringen, als die Dame neben ihm ihn ansprach. Sie fragte, ob sie ihren Becher mit dem heißen Kaffee solange auf dem ausklappbaren Tisch an seinem Sitzplatz abstellen dürfe, bis der Kaffee abgekühlt sei. Er habe den einzigen Sitzplatz mit einem ausklappbaren Tisch. Johann Bleibtreu nickte zögernd. Doch der nun vor ihm stehende, heiße Kaffee schwappte unheilverkündend in seinem Becher. Johann Bleibtreu musste sehr vorsichtig sein, um ihn nicht umzustoßen. Das Sortieren der Seiten war fast unmöglich geworden. Die Dame neben ihm schien davon nichts zu bemerken. Johann Bleibtreu beschloss, die Seiten ungeordnet in die Aktentasche zurückzuschieben und zu warten, bis der Kaffee abgekühlt war.

Wieder blickte er aus dem Fenster auf vorbeiziehende Wälder und Straßen, Äcker und Wiesen. Die Gegend war nicht sehr dicht besiedelt. Gelegentlich ein einsamer Hof, ein paar Häuser, ein Dorf. Sein Blick fiel auf die Uhr. Der Zug schien tatsächlich schon ein paar Minuten von seiner Verspätung aufgeholt zu haben. Auf den geraden Strecken erreichte er ein erstaunliches Tempo. Wie viele Stundenkilometer mochten das sein? Er versuchte zu schätzen. Draußen, vor dem Waschraum, gab es einen Geschwindigkeitsanzeiger, das hatte er beim Einsteigen gesehen. Vielleicht würde er ja später Gelegenheit haben zu überprüfen, wie gut oder schlecht er geschätzt hatte.

Die Dame neben ihm las in einer Zeitschrift. Fast dünkte es Johann Bleibtreu, sie habe ihren Kaffee vergessen. Er musste längst abgekühlt sein. Geduldig wartete er, beobachtete den Kaffee im Becher und sann in Gedanken nach Worten, mit denen er nötigenfalls seine Nachbarin ansprechen und an ihren Kaffee erinnern konnte.

Der Fahrgast, der das Bier getrunken hatte, erhob sich, klappte den Abfallbehälter unterhalb des Fensters heraus und drückte die leere Bierdose hinein. Die Klappe schloss nicht mehr ganz, was den Fahrgast offensichtlich nicht weiter störte. Die Geruchsmischung von Kaffee und Bier stieg Johann Bleibtreu in die Nase und er drückte vorsichtig gegen die Abfallklappe. Doch sie ließ sich nicht mehr schließen und bot einen unschönen Anblick. Er begann zu überlegen, ob es wirklich so gut gewesen war, den Platz zu tauschen. Hier auf diesem saß er neben dem hässlichen Abfallbehälter und konnte sich zudem kaum rühren. Umständlich kramte er in seiner Aktentasche nach seiner Wegzehrung. Ohne großen Appetit aß er sein Brot und stopfte das Butterbrotpapier auf die Bierdose, hoffend, den aufdringlichen Biergeruch auf diese Weise ersticken zu können.

Wieder schaute Johann Bleibtreu aus dem Fenster. Die vorbeiziehende Landschaft hatte sich noch nicht wesentlich verändert. Äcker, Wiesen, gelegentlich ein einsamer Hof. Weitere zehn Minuten vergingen. Nachdem die lesende Dame zu seiner Rechten noch immer keinerlei Anstalten machte, ihren Kaffee zu trinken, beschloss Johann Bleibtreu sie anzusprechen:

„Gnädige Frau", begann er zögernd, „Ihr Kaffee ..."

Die Dame hob lächelnd den Kopf und sah ihn wissend an. „... ist schon fast kalt, wollten Sie sagen, nicht?" Johann Bleibtreu nickte verwundert.

„Ich trinke Kaffee immer kalt", erklärte sie, als wäre dies das Selbstverständlichste der Welt und legte ihre schmale Hand prüfend um den großen Pappbecher. „Man sagt doch, kalter Kaffee mache schön, nicht wahr?" Sie seufzte. „In meinem Alter kann man das gebrauchen ... ein bisschen Schönheit, meine ich? ... Was meinen Sie?"

„Was ich meine?" Johann Bleibtreu schaute verlegen zu Boden. „Aber gnädige Frau, ich, ich ... bitte Sie! Sie ... Sie sind ..."

„Ja, ja, ich weiß", warf sie eilig ein, „was sollten Sie auch jetzt schon sagen, als dass ich das doch nicht nötig hätte, das mit dem kalten Kaffee, nicht wahr?" Sie schüttelte heftig den Kopf. „Das sagen Männer immer. Doch was sie wirklich meinen, das weiß man nie! ... Habe ich nicht recht?"

„Recht? Ich ... ich verstehe nicht ganz ...", entgegnete Johann Bleibtreu.

„Nun, vielleicht gehören Sie ja nicht zu denen, die einem immerzu Komplimente machen und es selbst nicht glauben, was sie sagen." Jetzt lachte sie wieder. „Und? Nun sagen Sie schon ... was halten Sie davon? Macht kalter Kaffee schön?" Beinahe verschwörerisch fügte sie hinzu: „Es soll ein Geheimrezept sein. Schon meine Großmutter hielt sich daran, aber schöner wurde sie durch Kaffee trinken nie. Auch meine Mutter war keine schöne Frau. Und ich? Was meinen Sie? ... Bin ich schön?"

Johann Bleibtreu schluckte und verfluchte den Moment, in dem er sie angesprochen hatte. Erwartungsvoll sah sie ihn mit großen grauen Augen an, die ihn an einen wolkenverhangenen Aprilhimmel erinnerten. Doch wenn sie lachte schienen einzelne Sonnenstrahlen durch die dichte Wolkendecke hindurch zu dringen und erhellten für Sekunden das ansonsten eher trübe Gesicht. Er wusste nicht recht, was er sagen sollte. Sie war nicht schön. Das stimmte. Doch noch bevor er etwas antworten konnte, meinte sie verdrießlich:

„Sehen Sie, auch Sie finden mich nicht schön." Die dichte Wolkendecke schob sich schon wieder vor ihre grauen Augen.

„Ist Ihre Frau schön?"

„Ich bin nicht verheiratet", antwortete Johann Bleibtreu.

„Ach nein?" Sie schwieg einen Augenblick. „Aber Sie kennen doch sicherlich irgend eine schöne Frau, oder?", beharrte sie weiter.

„Ob ich eine schöne Frau kenne?" Johann Bleibtreu wunderte sich über diese eigentümliche Frage. „Nun ja ...", murmelte er, „es gibt viele schöne Frauen, ... natürlich."

„*Kennen* Sie eine?"

„Ja, ... ich kenne auch eine."

„Beschreiben Sie sie mir."

Am liebsten hätte Johann Bleibtreu dieses merkwürdige Gespräch auf der Stelle abgebrochen. „Aber, gnädige Frau, hier in der Zeitschrift, die Sie gerade lesen, sind Dutzende von schönen Frauen abgebildet."

Sie nahm die Zeitschrift hoch und ließ die Seiten durch ihre schmalen Hände blättern. „Aber ich möchte gerne von einem Mann hören, was *er* an einer Frau schön findet. Die hier sind schön, von oben bis unten. Vom Scheitel bis zur Sohle. Unnatürlich schön. Schön operiert. Ausgestopfte Brüste, Silikon und so, verstehen Sie?" Ihre Hände formten volle runde Brüste nach. „Aber was finden Sie an der Frau, die Sie kennen, schön?"

Er spürte, wie ihr verhangener Blick erwartungsvoll auf ihm lag. „Ihren Rücken", raunte er schließlich, „ihren Rücken finde ich schön."

„Ihren ... Rücken?", wiederholte sie gedehnt. „Und in ihrem Gesicht? ... Was finden Sie in ihrem *Gesicht* schön?"

Johann Bleibtreu schaute auf in ihre großen, grauen Augen. „Ich ... ich habe ihr Gesicht noch nie gesehen", antwortete er.

Sie sah ihn schweigend an. „Sie ... Sie haben ihr Gesicht noch nie gesehen? Aber, aber Sie sagten doch, Sie kennen eine schöne Frau!", wand sie schließlich ungläubig ein. „Und da sagen Sie, Sie haben ihr Gesicht noch nie gesehen?"

„Ich kenne nur ihren Rücken, ... aber der ist wunderschön", flüsterte Johann Bleibtreu.

„Ihren ... Rücken ...", wiederholte sie und griff gedankenverloren nach dem Pappbecher, „ihr Rücken ist wunderschön." Geistesabwesend nahm sie einen Schluck. Johann Bleibtreu hoffte, sie würde ihren Kaffee nicht wieder dahin zurückstellen, wo er bisher gestanden hatte. Doch sie behielt den Becher in der Hand und lehnte sich zurück. Ihr

Blick schweifte ins Leere. Sie schwieg. Ein bedrückendes Schweigen. Ein inhaltsloser Blick, gleich einem grauen, verdeckten Aprilhimmel, trüb und ohne jede Aussicht auf Veränderung. Gleichermaßen beklommen und erleichtert klappte Johann Bleibtreu den Tisch über seinen Knien zurück. Endlich, nach einer halben Ewigkeit, wie es ihm schien. Er bewegte seine Beine, streckte sich vorsichtig und nahm eine bequemere Haltung ein. Auch er schwieg. Das Gespräch schien beendet.

Er schaute aus dem Fenster. Der Himmel war grau und trüb, undurchdringbar grau, ebenfalls ohne jede Aussicht auf Veränderung. Die Landschaft hingegen hatte sich verändert, das fiel ihm auf. Johann Bleibtreu überlegte, ob er seine Vortragsunterlagen wieder hervor holen sollte, doch zu sehr beschäftigte ihn noch immer das unangenehme und unerwartete Gespräch mit der Dame zu seiner Rechten. Gerne wäre er jetzt aufgestanden und ein wenig im Gang auf- und abgegangen, um auf andere Gedanken zu kommen. Um andere Luft zu atmen. Aber an der Schiebetür draußen auf dem Gang lehnte noch immer der Platzbesetzer und mit ihm wollte es Johann Bleibtreu nicht noch einmal zu tun haben. Nein, keine weiteren Auseinandersetzungen. Nicht jetzt.

Eigentlich hatte sich Johann Bleibtreu die Reise mit dem Zug sehr erholsam und entspannend vorgestellt. Er fuhr nicht gerne lange Strecken mit dem eigenen Wagen. Im Zug brauchte er sich nicht auf die Straßen zu konzentrieren. Im Zug konnte er arbeiten, essen und trinken, sogar ein wenig dösen. So hatte er gedacht. Einzig, dass er sich nicht gerne mit vielen Menschen zusammen auf engstem Raume befand.

Menschen.

Natürlich hatte er mit Menschen zu tun. Tag für Tag, wenn er seine Visite bei ihnen machte, sich nach ihrem Befinden erkundigte und in der Krankenkurve die Untersuchungsergebnisse und Blutwerte kontrollierte. Wenn um ihn herum die Assistenzärzte standen, unsicher manchmal, auf seine weiteren Anweisungen wartend. Wenn die Krankenschwestern pflichtschuldigst aus dem Zimmer rannten, um etwas zu besorgen, was er, Professor Bleibtreu, gerade brauchte. Ja, er war ständig mit Menschen zusammen, doch niemals war er länger als fünfzehn Minuten mit ihnen in einem Raum. Erst ein Zimmer, dann das nächste, hinein und hinaus, immer andere Zimmer, immer andere Menschen. Mit kaum einem Patienten hatte er je so viele Worte gewechselt, wie soeben mit der Dame neben ihm.

Wohl stellten die Patienten Fragen. Auch deren Angehörige. Aber er hatte seine Kurven, Messwerte und Untersuchungsergebnisse, mit denen er die Fragen meist schnell beantworten konnte. Und außerdem hatte er sein Büro, wohin er sich zurückziehen konnte, wann immer er wollte, und sei es nur für ein paar wenige Minuten. Dort hatte er seine Ruhe. Dorthin folgte ihm niemand, und niemand trat unangemeldet ein. Ganz so, als hinge ein großes Schild an seiner Tür „Bitte nicht stören!". Lange hatte es gedauert, bis alle verstanden hatten, dass er in seinem Büro auf gar keinen Fall gestört werden wollte. Selbst seine Sekretärin hielt sich daran. Sie schirmte ihn ab, zuverlässig und unüberwindbar. Niemand kam an ihr vorbei. Niemand kam in sein Büro. Dafür war er ihr sehr dankbar. Doch aufgrund der vielen Untersuchungen, die er hauptsächlich vormittags durchführte, blieb ihm wenig Zeit, sich in sein Büro zurück zu ziehen. Eher am späten Nachmittag, dann, wenn es in der Klinik ruhiger wurde, dann setzte er sich an seinen Schreibtisch, arbeitete alles Liegengebliebene auf, erledigte, was erledigt werden musste und genoss die Stille.

Dann hatte er Zeit für Margarete.

Tagsüber immer nur ein kurzer Gruß, ein schneller Blick, bevor er wieder auf die Station gerufen wurde. Einzig mit Margarete hatte er schon viele Stunden gemeinsam in einem Raum verbracht, ohne sich jemals bedrängt, gestört oder in irgendeiner Weise gefordert zu fühlen. Margarete! Er schloss die Augen und ihr geliebtes Bild erschien. Er seufzte. Zum ersten Mal begann er Margarete zu vermissen.

Ungern hatte er sich aus dem gewohnten Klinikalltag herausreißen lassen. Doch das Angebot einen Vortrag in Garmisch zu halten, hatte er nicht ablehnen können. Nun saß er hier, hier in diesem engen, vollbesetzten und überheizten Zugabteil, in dem die Luft immer schlechter wurde. Es gab es kein Hinaus und kein Hinein. Auf dem Gang drängten sich noch immer die Fahrgäste, rauchend, stehend, hockend, ohne reservierte Plätze. Ein Umhergehen war nicht möglich. Höchstens ein Klettern und Schieben über Koffer, Rucksäcke und Leiber. Eingezwängt zwischen Sitzen und Armlehnen, zwischen Ellenbogen und ausgestreckten Beinen, festgenagelt auf dem begehrten Sitzplatz am Fenster, wo man wenigstens auf einer Seite keinen Nachbarn hatte. Immerhin das.

Die Fensterscheibe war angenehm kühl, aber verschmiert. Johann Bleibtreu mochte sich nicht dagegen lehnen. Neben ihm döste die graue Dame, ihren Kopf zu seiner Seite gelehnt. Nur nicht wieder einschlafen, nahm er sich vor. Draußen zog die Landschaft mit über zweihundert Stundenkilometern vorbei, nach wie vor wenig abwechslungsreich, unverändert grau und trüb. Doch der Schlaf überkam Johann Bleibtreu ein zweites Mal. Er erwachte erst wieder, als der Zug im nächsten Bahnhof einlief.

Abschied

Erschrocken schaute Johann Bleibtreu auf die Uhr. Er musste über eine halbe Stunde geschlafen haben. Aber der Zug hatte erfreulicherweise wieder etwas von seiner Verspätung aufgeholt. Der Herr ihm gegenüber erhob sich, hob sein Gepäck von der Ablage herunter und zog seinen Mantel über. Mit einem kurzen Gruß drückte er die Schiebetüre auf und schob mit dem Fuß seinen Koffer auf den Gang, wo es recht lebhaft geworden war. Johann Bleibtreu bemerkte, dass der Platzbesetzer und die Jeansträgerin nicht mehr vor dem Abteil standen. Der Zug rollte in den Bahnhof ein und kam zum Stehen.

Johann Bleibtreu blickte aus dem Fenster. Irgendwie sind alle Bahnhöfe gleich, dachte er. Wartende Menschen. Frierende Menschen. Menschen, die jemanden abholen wollen. Die meisten jedoch, um selbst in einen Zug einzusteigen, um aufzubrechen, um eine Reise anzutreten, irgendwohin. Das Nötigste im Koffer, das, was man unbedingt braucht. Selbst, wenn man nur für drei Tage packt, muss man sich sehr gut überlegen, was man mitnimmt. Pyjama und Zahnbürste, Unterwäsche, Socken und zwei frische Hemden. Johann Bleibtreu hatte mit viel Bedacht seinen Koffer gepackt, um nichts zu vergessen, was er womöglich vor Ort dringend brauchen würde. Und doch hatte er Abstriche machen und abwägen müssen. Irgendetwas, dachte er, irgendetwas muss man immer zurücklassen. Niemals kann man alles mitnehmen, was man braucht, was einem wichtig ist. Jedes Gehen ist irgendwie mit einem Zurücklassen verbunden. Jedes Zurücklassen wiederum ist ein Abschied. Er seufzte. All diese Menschen auf dem Bahnsteig, überlegte er, lassen irgendetwas zurück, jetzt, in diesem Moment, in dem sie den Zug besteigen. Ein schneller Gruß, ein heftiges Winken, Tränen, auch hier auf diesem Bahnhof. Und doch, so dünkte es ihn, und doch sind es nicht nur Menschen, von denen ein Reisender Abschied nimmt. Wenn man geht, lässt man mehr zurück als Menschen. Als er aufgebrochen war, hatte niemand gewinkt. Er hatte niemanden zurückgelassen. Er hatte von niemandem Abschied genommen, außer von Margarete. Doch sein Abschiedsgruß war unerwidert geblieben. Wie immer. Und dann war er aufgebrochen. Aufbruch. Ja, es ist ein Aufbruch gewesen, dachte er. Doch ist nicht jeder Aufbruch unweigerlich mit einem Abschied verbunden? Abschied von wem oder von was?

Der Zug begann langsam wieder anzufahren.

Gedankenverloren ließ Johann Bleibtreu den Blick über die Menschenmenge auf dem Bahnsteig schweifen. Auf einmal sah er den Platzbesetzer zusammen mit der Jeansfrau. Ihr Kopf lehnte an seiner Schulter, seine Hand strich über ihr Haar. Beide hatten den Zug verlassen, waren wohl angekommen, dort, wohin sie gewollt hatten. Hier? Johann Bleibtreu fragte sich, ob es Zufall gewesen war, dass die beiden das gleiche Ziel gehabt hatten. Oder war es Zufall gewesen, dass die beiden sich kennen gelernt hatten, Zufall, dass die Frau mit dem Schlitz in der Hose keinen Sitzplatz gefunden hatte und auf dem Gang vor diesem Abteil stehen geblieben war? Irgendwo mussten auch die zwei Abschied genommen haben, von irgendwem oder irgendetwas. Sie sind in diesen Zug eingestiegen, auf dem Weg gewesen, sind schließlich angekommen, und stehen jetzt da draußen. Ihr Kopf an seiner Schulter. Seine Hand auf ihrem Haar. Beide hatten ihr Ziel erreicht.

Jeder Aufbruch führt zu einem Abschied. Und jeder Abschied, dachte Johann Bleibtreu, führt irgendwann zu einer Ankunft. Manchmal gleichen die Gesetze des Lebens beinahe einer mathematischen Formel. Doch wenn Abschied und Ankunft zusammengehören, was gehört dann zum Aufbruch, fragte er sich. Die Heimkehr? Die Gleichung ging noch nicht auf.

Der Zug hatte wieder volle Fahrt gewonnen und Bahnhof und Menschen zurückgelassen. Dafür hatte er andere, neue Fahrgäste mitgenommen. Der Schaffner hatte die Platzreservierungen außen am Abteil inzwischen ausgetauscht. Ein Reisender trat höflich grüßend ein und ließ sich auf dem freien Platz Johann Bleibtreu gegenüber nieder. Wenig später wurden die Fahrkarten kontrolliert. Der Zugführer stellte sich über Lautsprecher vor. Die Minibar drängte sich durch den schmalen Gang und verkaufte kalte und heiße Getränke. Draußen hockten andere, neue Reisende auf ihren Koffern oder Rucksäcken, rauchten und unterhielten sich. An der Scheibe rutschte ein anderer Hintern hin und her. Eine Jeans ohne Schlitz. Der Zug raste durch die sich nach wie vor wenig verändernde Landschaft. Die Reise ging weiter. Aufbruch, Abschied, Ankunft - Aufbruch, Abschied, Ankunft - jedes Mal von Neuem, immer wieder, in jeder Stadt, auf jedem Bahnhof. Wer wird der Nächste sein, der aussteigen, der ankommen wird? Alle Reisenden in diesem Zug werden irgendwann irgendwo ankommen, dachte Johann Bleibtreu und wunderte sich über diesen einfachen

Gedankengang, der ihn ungewöhnlich beschäftigte. Und in der Zwischenzeit? Bleibt wirklich alles so, wie es ist?

Der Platzbesetzer, *sein* Platzbesetzer hatte die Jeansfrau kennen gelernt. Und das nur deshalb, weil er, Johann Bleibtreu, eine Platzreservierung für den Fensterplatz hatte. Hätte er jedoch seinen Sitzplatz nicht reserviert gehabt und dann nicht eingeklagt, hätte der Platzbesetzer die Jeansfrau vermutlich niemals kennen gelernt. Ein Schauer durchlief Johann Bleibtreu. So war er am Ende sogar an dieser Begegnung beteiligt gewesen. Er hatte eine Rolle gespielt in diesem Spiel der Begegnung, eine ganz wesentliche sogar. Er war der Auslöser gewesen. Er hatte etwas *bewirkt*, etwas, was die beiden jungen Leute bei ihrem Aufbruch nicht hatten vorhersehen können. Etwas, was möglicherweise das Leben der beiden verändern würde. Johann Bleibtreu fröstelte ob der sich öffnenden Dimension schicksalhafter Fügungen. Oder war es doch nur ein Zufall gewesen? War es auch ein Zufall, dass er neben der Kaffee trinkenden Dame mit den Augen eines verhangenen Aprilhimmels zu sitzen gekommen war? Was mochte er bei ihr ausgelöst haben mit seinen Antworten auf ihre merkwürdigen Fragen? Bisher hatte er das *Gesetz der Wechselwirkung* nur aus der Physik gekannt. Keine Ursache ohne Wirkung, wusste er, auch, beziehungsweise gerade, aus der Medizin. Alle der Wissenschaft bekannten Kräfte stehen durch die sogenannte Wechselwirkung in engem Zusammenhang, egal, ob es sich um chemische Vorgänge, elektrische Ladungen, den menschlichen Körper oder Atomkerne handelt. Jede Ursache, ging es ihm durch den Kopf, jede Ursache zieht unweigerlich eine entsprechende Wirkung nach sich, die dann wiederum auf die Ursache zurückwirkt, diese zu einer neuen Wirkung treibt usw. Alles ist Bewegung. Alles wirkt und bewirkt etwas. Doch sich selbst hatte er noch nie als Teil dieses Gesetzes gesehen, so eng gar mit dem Schicksal anderer Menschen verwoben. Jedenfalls außerhalb seiner ärztlichen Tätigkeit nicht. Er als Mensch, er als Wirkender und Bewirkender, er als Verursacher oder Verursachender, als Verschuldender wider Willen. Er hatte diese grauen Aprilaugen nicht bewölken wollen. Er hatte nur ihre Frage beantwortet. Und doch hatte er ... der Gedanke, der ihm kam, machte ihm Angst. Er schnitt ihn ab, schob ihn von sich und versuchte ihn dorthin zurückzudrängen, von wo er gekommen war. Dort schloss er ihn ein. Den Schlüssel verwahrte er sorgfältig im wohlgeordneten und übersichtlichen Archiv seines Verstandes. Und doch ... und doch hallte eine vage Ahnung in ihm wider, die Ahnung, dass dieser verbannte und verschlossene Gedanke eine unverwischbare Spur zurückgelassen hatte, dass irgendetwas nicht mehr so war wie zuvor.

Johann Bleibtreu erhob sich und trat auf den Gang. Die Luft war schlecht. Noch schlechter als im Abteil. Junge Leute hockten auf dem Boden, qualmten, dösten, tranken, lachten. Ein paar letzte Sonnenstrahlen bahnten sich den Weg durch die immer dichter werdende Wolkendecke. Es begann langsam zu dämmern. Die Landschaft raste vorbei, die Zeit hingegen schien zu schleichen. Oder raste sie auch?

Es konnte nicht mehr lange dauern, bis der Zug München erreichen würde. Dort würde er umsteigen müssen. Mit einem Mal erschienen ihm die Stunden, bis er irgendwann heute am späten Abend in seinem Hotelzimmer ins

Bett sinken würde, noch unendlich lang. Ankommen, Aussteigen, Umsteigen, Einsteigen, Anfahren, Abfahren, noch einmal Wagen suchen, Abteil suchen, Platz suchen, wieder Lautsprecherdurchsage, Fahrkartenkontrolle, eine Minibar, vielleicht ein weiterer Platzbesetzer. Würde sich wirklich alles noch einmal ebenso wiederholen können? Theoretisch schon, mutmaßte Johann Bleibtreu, und seine Reise erschien ihm mit einem Mal endlos lang. Aber praktisch, erwog er dann, praktisch ist die Wahrscheinlichkeit, dass die gleichen Ereignisse ein zweites Mal wieder genau so eintreffen, verhältnismäßig gering. Doch was sagte das schon aus. Die Wahrscheinlichkeit, dass sein Platzbesetzer ausgerechnet auf dieser Reise vielleicht seine zukünftige Lebenspartnerin kennen lernen würde, war auch ausgesprochen gering gewesen. Und doch war möglicherweise genau dies geschehen.

Johann Bleibtreu ertappte sich dabei, wie er den Kopf schüttelte. Da war er wieder, dieser Gedanke, dass alles irgendwie zusammenhängt, miteinander verwoben ist. Das *Gesetz der Gleichart* fiel ihm ein, ebenfalls eine Gesetzmäßigkeit aus der Physik. Haben sich die beiden etwa gegenseitig angezogen? Wenn das so ist, dann hätten die zwei möglicherweise auch ohne sein Wirken zueinander gefunden? Die meisten Menschen bezeichnen solche Vorkommnisse als Zufälle, doch manche nennen es auch *Fügungen des Schicksals.* Das setzt jedoch voraus, dass es jemanden oder etwas gibt, das die Dinge tatsächlich *zusammenfügt.* Daran kann man glauben oder nicht. Beweise gibt es keine. Er jedenfalls glaubte nicht. Nicht mehr. Schon lange nicht mehr.

Aber so sehr sich Johann Bleibtreu gegen diese Gedanken

wehrte, so spürte er doch, wie sie in seinem Innersten drängten und bohrten, sich nicht verschließen lassen wollten, ihr Recht beanspruchten wahrgenommen zu werden. Was ist es, was du selbst anziehst, hörte er eine Stimme in sich fragen. Und wen? Was ist dir gleich, Johann Bleibtreu? Und wer?

Doch er hörte keine Antwort.

Vielleicht wollte er sie auch nicht hören. Jedenfalls blieb er sie der fragenden Stimme in seinem Inneren schuldig. Oder vielleicht blieb auch sein Inneres ihm die Antwort schuldig. Er wusste es nicht. Er war verwirrt. Er schüttelte den Kopf und holte tief Luft. Dann, fast erschrocken darüber, jemand könnte ihn dabei gesehen haben, schaute er sich um. Die Reisenden im Abteil und auf dem Gang hatten sich erhoben. Jeder war mit sich und seinem Gepäck beschäftigt. Der Zug würde in wenigen Minuten München erreichen. München Hauptbahnhof. Johann Bleibtreu holte ebenfalls sein Gepäck aus dem Abteil und reihte sich unter die Wartenden auf dem Gang. Endlich die Stimme aus dem Lautsprecher: Endstation.

Doch nicht für ihn. Johann Bleibtreu war noch nicht am Ziel. Für ihn ging die Reise weiter.

Es war dunkel geworden draußen.

Das milchige Licht der Lampe über der Tür erhellte nur spärlich das Abteil. Im Vergleich zu dem Zug, mit welchem Johann Bleibtreu nach München gefahren war, erschien ihm dieser Teil seiner Reise nun beinahe wie eine gemütliche Spazierfahrt. Der Zug bummelte durch die schöne Voralpenlandschaft, doch Johann Bleibtreu konnte davon nicht mehr viel sehen. Dafür hatte er nun, wider Erwarten, ein Abteil ganz für sich allein. Es war in der Tat der letzte Zug, in dem er saß, und er würde das Hotel, in dem die Tagung stattfand, erst spät am Abend erreichen. Er hatte nicht früher aufbrechen können. Es war noch viel zu tun gewesen. Nein, es war einfach nicht möglich gewesen. Die Visite hatte länger gedauert als geplant. Dann jener junge Assistenzarzt, dem man noch so viel erklären muss ... und schließlich die Angehörigen der Patienten, die einem auf den Fluren auflauern mit ihren ewig gleichen Fragen. Wenn möglich, machte er einen großen Bogen um sie. Aber heute, ausgerechnet heute Morgen, hatte es die Tochter einer älteren Patientin doch noch geschafft, ihn aufzuhalten. Sie flehte ihn an, ihre Mutter noch ein paar Tage länger im Krankenhaus zu behalten, sie nicht heute schon zu entlassen. Was sollte er tun? Was ging ihn die Tochter an? Die Patientin war in einem guten Zustand, hätte eigentlich heute entlassen werden sollen. Und dann diese Tochter. Eine unangenehme Person. Sie war ihm nachgegangen bis vor sein Büro. Wann sie mit ihm sprechen dürfe, es sei sehr wichtig für sie, das müsse er doch verstehen. Er hatte schon geahnt, was sie von ihm wollte. So etwas kommt häufiger vor. Schließlich saß sie ihm gegenüber, mit überschlagenen Beinen und kurzem Rock und mit Tränen in den Augen. Er befürchtete, sie würde zu weinen beginnen, womöglich noch in seinem Büro. Seine Sekretärin war kurz herein gekommen, hatte sich aber schnell wieder zurückgezogen, hatte ein „Entschuldigung" gemurmelt. Doch die Tochter blieb sitzen. Sie erzählte ihm, dass sie sich nicht um ihre kranke Mutter kümmern könne, selbst gesundheitlich angegriffen sei und Ruhe brauche. Sie schaffe das im Moment einfach nicht. Ach Herr Doktor, ...

das verstehen Sie doch, oder? Was sollte er sagen? Er hatte seine Arbeit getan. Der Mutter ging es wieder gut. Und nun? Schließlich hatte er der Tochter zugesagt, die Mutter noch einen Tag zur Überwachung in der Klinik zu behalten. Mehr war nicht möglich. Er brauchte das Bett für andere Patienten. Die Tochter war nicht zufrieden, als sie endlich mit einem Seufzen sein Büro verließ.

Ach Margarete! Was gab es doch für aufdringliche Menschen. Wie angenehm dagegen war ihre ruhige Art. Niemals fühlte er sich durch sie bedrängt oder gar gestört. Johann Bleibtreu wusste, dass er von Margarete nicht viel erwarten konnte. Aber in diesem stillschweigenden Einverständnis bestand ihre besondere Beziehung. Eigentlich erwartete er nichts wirklich von ihr. Sie war da. Sie war einfach nur da, wenn er sie brauchte. Sie war immer für ihn da, und das war das Wichtigste. Er wusste, er konnte ihr alles erzählen, ihr seinen Ärger anvertrauen oder sie einfach nur ansehen. Er konnte sie bewundern, ihren schönen Körper, ihr Haar, ihre Schultern. Er konnte mit seinem Finger die zarte Linie ihres Halses entlang streichen. Er war nicht allein. Das reichte ihm. Das war seine Beziehung zu ihr.

In diesem Augenblick kam ein Schaffner vorbei und wollte die Fahrkarte sehen.

„Moment!", sagte Johann Bleibtreu, „ich habe noch eine Platzreservierung."

„Schon gut", winkte der Schaffner ab, „ist ja außer Ihnen sonst keiner hier. Der Zug fährt ja nur für Sie!"

Johann Bleibtreu steckte die Fahrkarte und die Platzreservierung wieder weg. „Wie meinen Sie das?"

„So, wie ich es gesagt habe", entgegnete der Schaffner gereizt.

„Sie sind der einzige Fahrgast im Zug. Wer fährt auch um diese Zeit noch nach Garmisch?" Der Schaffner schüttelte verständnislos den Kopf.
„Es ging nicht früher", wandte Johann Bleibtreu ein. „Ich muss heute Abend noch nach Garmisch, eigentlich sogar noch weiter an den Eibsee. Ich ... ich bekomme doch sicherlich noch ein Taxi in Garmisch, oder?"
„Was weiß ich, ob mitten in der Nacht noch Taxis fahren. Wer will schon mitten in der Nacht noch an den Eibsee?"
„Nun ja", Johann Bleibtreu schluckte. „Mitten in der Nacht ist vielleicht ein bisschen übertrieben. Aber spät wird es wohl werden, da haben Sie recht."
„Spät, ja manchmal ist es zu spät", seufzte der Schaffner.
„Wie meinen Sie das?", fragte Johann Bleibtreu verwundert. Der Schaffner ließ sich auf einem der freien Plätze nieder.
„Es ist zu spät, alles zu spät, alles aus!", seufzte er.
„Aber was, um alles in der Welt, meinen Sie denn?", fragte Johann Bleibtreu verwirrt.
„Und nun habe ich ausgerechnet heute Abend Dienst in diesem verdammten Zug nach Garmisch", begann der Schaffner, „und wenn ich zurückkomme, dann ist sie weg. Ich weiß es. Sie hat es gesagt!"

Jetzt verbarg er das Gesicht in den Händen. „Wenn du jetzt gehst, dann gehe *ich,* hat sie gesagt. Aber ich *muss* doch gehen, habe ich ihr gesagt. Ich habe doch Dienst heute Abend. Was hätte ich tun sollen? Aber das hat sie nicht interessiert. Entweder bleiben wir beide oder wir gehen beide. *Ich habe doch Dienst*, habe ich ihr immer wieder gesagt. Ich kann doch nicht einfach hier bleiben, so versteh´ doch.

Aber sie hat nicht verstanden. Ich habe ihr zum Abschied einen Kuss gegeben und bin gegangen. War sowieso schon fast zu spät zum Dienstbeginn. So was gibt immer Ärger."

Der Schaffner war in sich zusammengesunken und schaute gequält zu Johann Bleibtreu auf. „Was hätten Sie getan in solch einer Situation? Das hätte mich den Job kosten können, verstehen Sie?"

Johann Bleibtreu nickte.

„So leicht ist das nicht. Manchmal muss man gehen, weil es nicht anders geht. Aber man kommt doch wieder. Das habe ich ihr auch gesagt. *Ich komme doch wieder.* Morgen früh bin ich wieder da, habe ich gesagt. Morgen früh ist nicht jetzt, hat sie gesagt. Morgen früh ist alles anders. Aber wir können doch morgen früh weiterreden. Wir reden morgen früh noch einmal über alles, habe ich ihr vorgeschlagen. Was soll denn morgen früh anders sein? Wenn du gehst, ist morgen früh alles anders. Dann gibt es kein Morgen früh für uns. Aber warum, habe ich geschrieen, warum? Weil du dann gegangen sein wirst. Das hat sie gesagt ... Können Sie das verstehen?" Der Schaffner schaute Johann Bleibtreu händeringend an.

„Ich weiß nicht", gestand dieser zögernd.

„Können Sie das verstehen? Kann man das *überhaupt* verstehen?", begann der Schaffner von Neuem. „Wie hätten Sie reagiert?"

„Ich ... ich weiß es nicht", wiederholte Johann Bleibtreu zögernd.

„Als ich in diesen Zug gestiegen bin, da hatte ich das seltsame Gefühl, das ist jetzt ein Abschied für immer. Kennen Sie dieses Gefühl? Wenn Sie auf einmal ganz genau wissen,

es ist mit einem Mal nichts mehr so wie früher? Ja, inzwischen glaube ich auch, sie hat recht gehabt. Aber jetzt ist es zu spät. Es gibt kein Zurück mehr für mich, kein Zurück mehr zu ihr." Der Schaffner ließ die Arme sinken und wirkte trotz seiner Uniform mit einem Male klein und verletzlich. „Was hätte ich denn tun sollen? Ich hatte doch gar keine andere Wahl!", rief er in seiner Verzweiflung, dass Johann Bleibtreu erschrocken zusammenzuckte.
„Ich habe auch jemanden zurückgelassen", gestand er, um überhaupt irgend etwas zu sagen.

Der Schaffner schaute auf. „Tatsächlich?", sagte er, „Sie auch? Aber ... aber bei Ihnen war es nicht so dramatisch, oder? Oder hat sie Ihnen auch gesagt, dass, wenn Sie erst einmal gehen, Sie gar nicht mehr wiederzukommen brauchen?"

Johann Bleibtreu schwieg. „Sie hat gar nichts gesagt", sagte er schließlich.
„Gar nichts? ... Auch nicht schön, was?", wandte der Schaffner ein. „War sie beleidigt?"
„Ich weiß es nicht." Johann Bleibtreu zuckte die Achseln. „Ich glaube nicht."
„Sie *glauben* nicht? Das merkt man doch, wenn die Damen beleidigt sind. Sind doch meistens wegen irgendetwas beleidigt. Meine ist dauernd beleidigt."

Johann Bleibtreu sah den Schaffner schweigend an.
„Das hört man doch schon an der Stimme, wenn sie beleidigt sind. Ich meine, wie sie dann sprechen und so", erklärte der Schaffner. „Man kennt sich doch mit der Zeit."
„Ich ... ich habe ihre Stimme noch nie gehört." Johann Bleibtreu kam ins Stocken.

„Sie haben *was*? ... Sie haben ihre Stimme noch nie gehört? Ist sie etwa ..." Der Schaffner brach den Satz ab und sah Johann Bleibtreu ungläubig an. Johann Bleibtreu starrte ins Dunkel der Nacht, doch in der Scheibe spiegelte sich nur sein eigenes Gesicht. Der Schaffner erhob sich und schob die Abteiltür zurück.

„Na denn", er hob die Hand zum Abschied, „eine gute Weiterreise noch." Der Schaffner trat in den Gang und wollte die Schiebetür hinter sich zuziehen.

„Herr Schaffner!", rief Johann Bleibtreu. „Ich ... ich wäre auch gegangen. Ich meine ... zum Dienst."

Der Schaffner warf ihm einen seltsamen Blick zu, nickte kurz und schloss die Abteiltür.

Johann Bleibtreu verließ den Zug in Garmisch-Patenkirchen, müde und in einer eigentümlich fremden Stimmung. Er fand ein Taxi, das ihn an den Eibsee brachte. Er war dankbar, einen Taxifahrer getroffen zu haben, der kein Wort sprach, was für Taxifahrer eher ungewöhnlich ist. Johann Bleibtreu bezahlte, erhielt auf Wunsch einen Beleg und überließ dem Taxifahrer ein großzügiges Trinkgeld.

Das Hotel, soviel er zu dieser fortgeschrittenen Stunde erkennen konnte, hatte eine wunderbare Lage direkt am Eibsee und machte einen sehr ordentlichen Eindruck. Die Empfangshalle war hell erleuchtet, und an der Rezeption erwartete ihn eine junge Dame in Uniform, die ihn freundlich begrüßte. Ob er zur Tagung gehöre, wollte sie wissen. Er bestätigte, dass er einer der geladenen Referenten sei und füllte das Anmeldeformular aus. Die anderen Kollegen befänden sich noch im Speisesaal, erklärte die Empfangsdame, Herr Professor könne gerne noch etwas zu Essen bestellen, die Küche sei ausnahmsweise noch geöffnet. Ob sie den Veranstalter rufen lassen solle?

„Nein, nein, vielen Dank!", wehrte Johann Bleibtreu ab. Er sei müde von der langen Reise und wolle sich sofort zurückziehen. Die junge Dame, bat er, möge dem Veranstalter bitte ausrichten, dass er wohlbehalten angekommen sei und man sich dann morgen beim Frühstück treffen werde.

„Ist in Ordnung, Herr Professor. Ich werde es ausrichten. Aber möchten Sie denn nichts mehr essen, Herr Professor?"

Ja, er habe Hunger, gab er zu. Ob es denn möglich sei, noch etwas über den Zimmerservice zu bekommen?

„Ich werde sehen, was sich noch machen lässt", versicherte die junge Dame in Uniform und reichte ihm den Zimmerschlüssel.

Endlich war er angekommen am Ziel seiner Reise. Johann Bleibtreu ließ sich auf einen Sessel sinken. Angekommen. Endlich.

Warum und von was bin ich so müde, fragte er sich. Er erhob sich wieder und trat ans Fenster. Draußen war tiefe Nacht. Nur sehr undeutlich zeichnete sich in der Ferne ein gewaltiges Gebirgsmassiv ab. Im kalten Glas der Scheibe begegnete er wieder nur seinem eigenen Gesicht.

2. Tag

Und stille ruhet der See

Johann Bleibtreu beschloss den Tag zu nutzen, um auf die Zugspitze hinaufzufahren. Seinen Vortrag würde er erst am Abend zu halten haben, und immerhin sollte jeder gute Deutsche einmal in seinem Leben auf dem höchsten Berg des Landes gewesen sein, sagte er sich. Von seinem Zimmer aus hatte er einen traumhaften Blick auf den stillen See, und über dem prächtigen Alpenpanorama erstreckte sich ein strahlender Morgenhimmel, der einen außergewöhnlich schönen Tag versprach.

Beim Frühstück traf er den Veranstalter der Tagung, der ihn herzlich und lautstark willkommen hieß. Die Tagung sei sehr gut besucht, verkündete er, und man freue sich auf Professor Bleibtreus Vortrag heute Abend. Vorher müsse man aber diesen wundervollen Tag unbedingt genießen, strahlte der Veranstalter und fragte Johann Bleibtreu, ob er Ski fahren gehen wolle.

„Nein", antwortete Johann Bleibtreu wahrheitsgemäß. Er werde aber trotzdem mit der Seilbahn auf die Zugspitze fahren, um dort oben das viel gerühmte Panorama zu sehen und vielleicht ein wenig spazieren zu gehen.

„Wunderbar, ganz wunderbar!", rief der Veranstalter. „Tun Sie das, Professor! Ich werde auch noch hinauffahren. Muss nur erst noch die Tagung offiziell eröffnen. Einige Seminare laufen ja heute Vormittag schon ... Schätze aber, dass wir oben auf der Zugspitze noch ein paar andere Kollegen treffen werden, die das Wetterchen genießen, haha, zum Helden zeugen, nicht wahr? Sie verstehen, was ich meine, Professor!"

Der Veranstalter zwinkerte Johann Bleibtreu zu, schlug ihm freundschaftlich auf die Schulter und wünschte ihm einen schönen Tag.
„Sie werden sehen, Verehrtester, alle werden heute im Laufe des Tages irgendwann einmal dort oben sein. Keiner hat sich für alle Seminare angemeldet. Aber was macht das schon! Wichtig ist, dass sie sich *wohl fühlen,* meine Tagungsteilnehmer. Die beste Voraussetzung dafür, dass unsere Veranstaltung ein Erfolg wird. Das mit dem Wetter könnte gar nicht besser sein! Ski fahren sollen sie und Spaß haben. Wie ein Urlaubstag soll es sein. Und dann am Abend, dann werden sie unsere neue Produktreihe kennen lernen, ganz entspannt und zufrieden bei einem Candleligtht-Dinner. Ja, ja Professor, die Firma lässt sich da nicht lumpen!" Der Veranstalter lachte. „Das ist Verkaufspolitik, modernes Marketing, sage ich Ihnen! Ach, was erzähle ich! Bis heute Abend, Professor. Machen Sie sich einen schönen Tag ... und passen Sie gut auf sich auf!"

Vom Hotel aus waren es nur ein paar hundert Meter zur Talstation der Seilbahn, die Johann Bleibtreu mit kräftigen Schritten zurücklegte. Das traumhafte Wetter hatte seine Laune beflügelt, und munter pfiff er das erste Lied, das ihm in den Sinn kam. Angenehm fand er, dass er überhaupt nicht anzustehen und warten zu brauchte. Sofort konnte er in die bereitstehende Kabinenbahn einsteigen. Er suchte sich einen Platz auf der dem Berg zugewandten Stirnseite der Kabine und blickte auf das in einiger Entfernung aufragende Felsmassiv. Hinter ihm schloss sich lautlos die Tür, und die Seilbahn setzte sich langsam in Bewegung. Zu seiner

Verwunderung bemerkte er, als er sich umwandte, dass er beinahe der einzige Fahrgast war. Außer ihm befand sich nur ein junger Mann mit Sonnenbrille in der Kabine, der auf der anderen Seite der Seilbahn hinunter ins Tal schaute und offensichtlich dabei Musik hörte. Kopfhörer in den Ohren, wippte er hin und her und schien von Johann Bleibtreu keinerlei Notiz zu nehmen. Auch sein höflicher Gruß blieb unerwidert, was sogleich einen ersten Schatten auf seine ohnehin ungewohnt beschwingte Stimmung warf. Dafür nickte der alte Kabinenführer umso freundlicher zurück, was Johann Bleibtreu aber auch nicht versöhnte, denn der Kabinenführer schien ständig zu lächeln, mit Gruß oder ohne. So wandte er sich wieder den näher kommenden Felsen zu und bestaunte ihre Jahrtausende alte Beständigkeit. Unverrückbar, unverletzbar und unbesiegbar schienen sie hier schon eine Ewigkeit zu stehen, und eine stille Ehrfurcht beschlich ihn angesichts dieser Naturgewalten und seines eigenen kurzen, vergänglichen Seins.
„Schauen´s, der Eibsee dort unten!" Der Alte lächelte ihn an und Johann Bleibtreu nickte.

Er trat ans gegenüberliegende Fenster neben den jungen Mann mit Sonnenbrille und ließ seinen Blick hinunter ins Tal schweifen. Großartig, wie dort unten der inzwischen schon so klein wirkende Eibsee, gebettet zwischen die dunklen Tannen, türkisgrün wie ein Smaragd, hervorstach. Das Hotel am Ufer des Sees, nur noch ein winziger weißer Fleck, war kaum mehr erkennbar und entzog sich schließlich ganz seiner Wahrnehmung. Er sah, wie sich die dicken Drahtseile von Stahlmast zu Stahlmast schwangen, und die Kabinenbahn wie von unsichtbarer Hand Meter für Meter vorwärts gezogen wurde. Wer mochte diese Stahlmasten in dieser unzugänglichen Gebirgsregion gebaut haben? Und wie, fragte er sich. Sein Blick blieb auf einem der Hinweisschilder innerhalb der Kabine hängen, und er studierte die technischen Daten der Seilbahn. Vierzig Personen konnte sie transportieren und ein Maximalgewicht von dreitausenddreihundert Kilogramm. Im Augenblick waren sie jedoch nur zu dritt. Wie unangenehm musste es aber sein, hier drinnen mit achtunddreißig weiteren Fahrgästen entlang den Felsen zu schweben. Wie eng würde es sein, wenn vierzig Personen mit Skiern und anderen Wintersportgeräten sich aneinander drängten. Ihm grauste bei dieser Vorstellung und er war froh, dem großen Besucheransturm entgangen zu sein.

„Wollen´s auch noch nach ob´n, der Herr?" Der Kabinenführer sah ihn lächelnd an.

„Wieso *auch noch*?" Johann Bleibtreu verstand nicht ganz.

„Die san´s doch alle scho drob´m", antwortete der Kabinenführer mit unverändertem Lächeln.

Johann Bleibtreu wunderte sich, denn es war ja noch sehr früh gewesen, als er aufgebrochen war. Er hatte geglaubt, er gehöre zu den ersten Besuchern der Zugspitze heute. Die Skifahrer mussten es ja besonders eilig gehabt haben.

„Dann wird ja schon recht viel los sein oben auf dem Gipfel, nicht wahr?", fragte er.

„Wos ist scho wohr?", erwiderte der Alte stoisch lächelnd.

Johann Bleibtreu wunderte sich abermals und fürchtete, die Antwort des Alten nicht recht verstanden zu haben. Daher hoffte er, der Alte würde ihn kein zweites Mal mehr ansprechen und wandte sich wieder dem Fenster zu, um das Gespräch eindeutig als beendet erscheinen zu lassen.

Langsam zog sich die Seilbahn der senkrecht aufsteigenden Felswand entgegen. Ganz oben, am Ende der Tragseile, konnte Johann Bleibtreu die Bergstation erkennen. Doch bis zum letzten Stahlmasten und der schmalen Einfuhrschneise der Bergstation, die zwischen zwei schroffe Felsen gebaut worden war, war es noch weit, und er konnte keinen weiteren Stahlmasten mehr auf der noch verbleibenden Strecke sehen. Die Tragseile, die bis zum letzten Stahlmast fast senkrecht hinaufführten, waren nicht straff gespannt, hingen ein wenig durch und schwankten. Das beklemmende Gefühl überkam ihn, die Seilbahn müsse unweigerlich in absehbarer Zeit mit der nahen Felswand zusammenstoßen. Jetzt nahm er auch das leichte Schlingern der Kabine wahr, die vom Wind sanft nach rechts und links gedrückt wurde, und sein zunächst leichtes Unbehagen wuchs zu einer quälenden inneren Unruhe heran. Der See war nur noch ein smaragdgrüner Fleck in schwindelerregender Tiefe. Die Tannen waren zu einem dichten, schwarzen Wald verschmolzen. Wohin er auch schaute, rings um ihn herum ragten weiße, mit Schnee bedeckte Gebirgszüge in den Himmel. Dafür schien die Felsenwand mittlerweile zum Greifen nahe. Mit einem Mal fühlte er sich abgeschnitten von der Welt, hier oben in dieser gewaltigen Höhe, hilflos und machtlos, ausgeliefert dem Augenblick und seinen eigenen schwankenden und so fremden Gefühlen. Seine heitere Stimmung war einer nicht benennbaren Angst gewichen, die sich seiner mehr und mehr bemächtigte. Er suchte einen festen Punkt auf dem Boden der Kabine, auf den er seinen

Blick zu heften versuchte. Seine Hände umklammerten eine der Haltestangen. Er versuchte sich seine Anspannung möglichst nicht anmerken zu lassen. Aber es schien hier drinnen ohnehin niemanden zu interessieren.

„Sind wir bald oben?“, fragte er.

„Ob´n oder unt´n, wos spielt das scho für a Rolle?“, entgegnete der Alte mit gleichgültiger Stimme und lächelte.

Johann Bleibtreu wollte noch etwas fragen, musste aber einsehen, dass er vom Kabinenführer keine befriedigenden Antworten, die ihm in seiner augenblicklichen Verfassung geholfen hätten, erwarten konnte. Der Sonnenbrillen-Mann schaute unbeirrt hinunter ins Tal und schien außer seiner Musik nichts zu hören. Mit aller Kraft hielt sich Johann Bleibtreu an der Stange fest, um den Halt nicht ganz zu verlieren, innerlich um Fassung ringend, während die Kabinenbahn die letzte Teilstrecke Meter für Meter unendlich langsam weiter hinaufkroch. Weder wollte er dem Ziel entgegen sehen, noch wollte er einen weiteren Blick in die schwindelerregende, unergründliche Tiefe des Tales wagen. Er schloss die Augen und hoffte, durch ein Nicht-Sehen-Müssen seiner Gefühle wieder Herr zu werden. Nun aber, die visuellen Eindrücke ausschließend, registrierte sein Körper dafür jedes noch so leichte Schwanken der Kabine, das sich unverzüglich auf seine Nervenbahnen übertrug, hinaufkroch bis unter die Haarwurzeln und dort, im Innersten seines Kopfes, zu schwingen begann. Alles fing an sich zu drehen. Sein Atem ging immer schneller. Rasch öffnete er die Augen wieder, wobei sein Blick auf das Gesicht des lächelnden Kabinenführers fiel. Alles um ihn herum erschien ihm mit einem Mal unwirklich. Die Realität des

bezaubernden Eibsees war im Tal zurückgeblieben. Hier und jetzt gab es nur noch diese nicht mehr enden wollende Fahrt. Träumte er? Er wollte schreien, um den Traum zu durchbrechen, um endlich daraus aufzuwachen. Margarete schob sich für Sekunden zwischen seine wirren Gedanken, tauchte auf und verschwand, konnte ihm jetzt und hier nicht helfen. Ihre Worte verhallten ungehört im Nichts. Allein, in der Weite der Lüfte, ausgeliefert und einzig vertrauend auf ein paar Drahtseile, die locker schwingend dieses Nichts durchzogen, fühlte Johann Bleibtreu alle Verlorenheit dieser Welt in sich vereint. Hinaufgetrieben in die eisigen Höhen des Lebens, allein und einsam, ängstlich wie ein kleines Kind verbarg er das Gesicht in den Händen, einzig im Vertrauen darauf, dass der Gipfel irgendwann erreicht, die Fahrt irgendwann zu Ende sein würde.
„Wir sind oben."

Die gleichförmige Stimme des Kabinenführers drang von weit her an sein Ohr. Johann Bleibtreu, ungläubig und doch unendlich erleichtert, endlich angekommen zu sein, nahm die Hände vom Gesicht. Ohne den Kabinenführer noch einmal anzusehen, wankte er durch die Tür ins Freie.

Die Lust auf großen Panoramagenuss war ihm redlich vergangen. Johann Bleibtreu hatte das Gefühl, für den Rest seines Lebens genügend Felsmassive gesehen zu haben. Ihm war noch immer elend zumute.

Auf der großen Freiterrasse des Bergrestaurants, das er vor sich liegen sah, tummelten sich unzählige Wintersportler, die sich genussvoll in den Liegestühlen ausstreckten, um sich von den Strahlen der Sonne wärmen zu lassen, dösend oder lachend, essend oder trinkend, alle mit Sonnenbrille. Nur mit Mühe fand Johann Bleibtreu einen Sitzplatz auf einer der Holzbänke und bestellte sich, ausnahmsweise, einen Schnaps.

Wie wohltuend empfand er es, wieder festen Boden unter den Füßen zu haben. Wie schätzte er es in diesem Augenblick, von so vielen Menschen umgeben zu sein. Er saß mitten unter ihnen, trank mit ihnen ... und doch fühlte er sich nicht dazugehörend. Vielmehr entrückten diese Menschen immer mehr der Wahrnehmung seiner Sinne. Jedes Lachen, jedes Wort, alles, was er hörte, roch und sah schien in einem Nebel zu versinken, schien sich aufzulösen. Das Nahe, Greifbare war mit einem Mal ungreifbar geworden. Statt einem sicheren Gefühl des Aufgehobenseins inmitten des fröhlichen Getümmels von Wintersportlern holte ihn die Beklemmung der Einsamkeit und des Verlorenseins wieder ein. Da sah er sich sitzen, dort, auf einer der Bänke, zwischen all den Menschen, hilflos mit seinem Schnapsglas spielend. Er wurde Zeuge seiner eigenen, bedrückenden Isolation, unfähig, die eisige Wand der unerbittlichen Kälte des Berggipfels selbst zu durchbrechen.

„Geht es Ihnen nicht gut? Kann ich etwas für Sie tun?"

Johann Bleibtreu zuckte zusammen, als ob er aus einem Traum gerissen wurde.

„Sie brauchen nicht zu erschrecken. Ich tue Ihnen nichts!"

Die junge Frau, die neben ihm saß, kicherte vergnügt.

„Nein, hm, ich ... ich war nur so in Gedanken", stammelte er verwirrt.

„O verstehe! Was für Gedanken waren das denn, wenn man fragen darf?" Sie zwinkerte ihm zu und legte den Kopf dabei leicht schief. Sie hatte einen großen roten Mund und wenn sie lachte, sah man ihre strahlend weißen, schönen Zähne. Johann Bleibtreu hielt den Blick auf ihren Mund geheftet, aus dem die Worte so zwanglos purzelten und antwortete: „Ich überlege, wie ich von hier oben wieder ins Tal hinabgelange.“

Die junge Frau lachte laut auf. „Sie überlegen, wie Sie wieder ins Tal hinabkommen?”

Johann Bleibtreu merkte, wie er rot wurde.

„Ebenso, wie Sie hinaufgekommen sind, würde ich sagen, oder nicht?” Die Frau sah ihn belustigt an und ein leichter Spott schien sich um ihren großen Mund gelegt zu haben.

„Ja, ja, ... ähm ... nein, nein, es ist nur ... ich meine ... ich habe die Fahrt hier hoch mit der Seilbahn nicht besonders gut vertragen. Deshalb ... „

Johann Bleibtreu kam ins Stocken. Die Unterhaltung begann ihm unangenehm zu werden. Andere hörten bereits amüsiert zu.

„Ach so, verstehe ... Na, wenn´s nur das ist, dann nehmen Sie doch die Zahnradbahn hinunter ins Tal. Das ist ohnehin bequemer, weil Sie während der Fahrt sitzen können. Dafür dauert es ein bisschen länger und eine so schöne Aussicht, wie in der Gondel, haben Sie auch nicht. Aber vielleicht vertragen Sie das ja besser.“

Ihr seltsamer Blick und das merkwürdige Zucken um ihren großen, roten Mund, als er sich für diesen guten Hinweis bedankte, verwirrte ihn noch mehr. Er erhob sich schnell und schaute sich suchend nach dem entsprechenden Hinweisschild zur Zahnradbahn um.

„Wissen Sie was ...", sie legte einen Geldschein auf den Tisch und erhob sich ebenfalls. „Ich wollte auch gerade zurück ins Tal fahren. Ich habe genug von dem Gewimmel und den vielen Menschen hier oben. Ich werde Sie begleiten."

Entschlossen hakte sie sich bei Johann Bleibtreu unter und zog ihn mit sich fort. Widerstandslos ließ er sich führen, einzig beseelt von dem Gedanken, möglichst schnell dem schneebedeckten Gipfel und dem fremden Treiben hier oben zu entkommen, ohne dabei die Kabinenbahn noch ein zweites Mal betreten zu müssen.

Auf dem Bahnsteig drängten sich unzählige Menschen entlang des wartenden Zuges, bemüht, in einem der Wagen einen freien Platz für sich und ihre Ski zu finden.

„Wir scheinen nicht die einzigen zu sein", bemerkte die Frau mit kaum wahrnehmbarem Lächeln und zwängte Johann Bleibtreu, ihn vor sich her schiebend, in einen der Wagen. Die Sitzplätze waren alle schon belegt, und da, wo man noch hätte bequem stehen könne, standen Ski und anderes Sportgerät, so dass er nur mit Mühe eine Ecke fand, wo er etwas Halt und einen sicheren Stand hatte. Die junge Frau wurde durch die weiter zusteigenden Fahrgäste eng an ihn gepresst. Er spürte ihre Brüste auf seiner Brust, ihren Atem an seinem Ohr. Es war ihm unangenehm und doch schien sein Körper sich nicht wirklich zu wehren.

Der Zug setzte sich in Bewegung.

Die Strecke hatte sofort ein leichtes Gefälle, wodurch die Frau weiterhin sanft aber beständig an ihn gedrückt wurde. Fast hatte er den Eindruck, sie ließe sich fallen, stützte sich auf *ihn*, der selbst kaum Halt in den von der Decke herabhängenden Lederlaschen fand. An seinem Rücken lehnte ein anderer Fahrgast. Hilfesuchend sah Johann Bleibtreu sich um, musste aber feststellen, dass seine Lage aussichtslos war. Der Wagen war restlos mit Fahrgästen besetzt. Mehr Bewegungsfreiheit war nicht gegeben. Zu seiner großen Bestürzung entnahm er dem Fahrplan an der Wand, dass die Zahnradbahn durch einen langen Tunnel fahren musste, um auf der anderen Seite des Berges an den Eibsee zu gelangen. Der größte Teil der Strecke verlief unterirdisch. Zudem ließ das Gefälle der Strecke während der gesamten Fahrt nicht nach, denn es mussten beinahe zweitausend Meter Höhenunterschied zurückgelegt werden.

Es war düster im Zug.

Die Wagen waren nur durch ein paar alte Neonröhren schwach beleuchtet, die alles in ein ungemütliches Dämmerlicht tauchten. Johann Bleibtreu konnte erkennen, dass der vordere Teil des Zuges nicht minder finster und gleichermaßen überfüllt zu sein schien. Überall Köpfe, wohin er schaute. Fremde und doch so eng beisammen. Gerede, und er verstand kein Wort. Verbrauchte Luft, die er mit ihnen teilen musste.

„So kann man sich auch näher kommen, nicht wahr?“, lachte die junge Frau und gab bereitwillig einer leichten Kurve in der Strecke nach. Ihr Körper wurde erneut an den seinen gedrückt. Ausgeliefert ihrer vermeintlich zufälligen Berührung, reckte Johann Bleibtreu den Kopf, um ihr weiches Haar nicht in seinem Gesicht zu spüren. *Margarete!* Wie oft schon hatte er sich gewünscht, seine Nase in ihren losen Zopf zu drücken, ihren Duft einzuatmen, ihren Atem an seinem Ohr zu spüren! Ein unwiderstehlicher Impuls zog seine Nase in das nach frischer Schneeluft riechende Haar der Fremden und während er die Aura ihrer abgründigen Weiblichkeit einsog, schien das gesamte Sein seiner Männlichkeit sich in einer rasenden Talfahrt ohne Ende zu verlieren. *Margarete, wo bist du?*, schrie es verzweifelt in ihm, dem Abtrünnigen, dem Untreuen, dem Schuldigen, als ein plötzlicher Stopp des Zuges ihn unsanft mit einem Ruck in die dämmerige Wirklichkeit des Wagens zurückstieß.

Der Zug kam zum Stehen.

Die Ursache für diese Unterbrechung war nicht zu erkennen. Draußen war es dunkel. Der Zug stand in einem Tunnel.

Es schien, als würde die Luft im Wagen immer dicker und schwerer, die Hitze und die Ausdünstungen der Fahrgäste von Minute zu Minute unerträglicher. Neben ihm sangen und grölten angetrunkene Jugendliche, Bierdosen schwenkend, und verpesteten die ohnehin spärliche Atemluft mit schalem Bier. Johann Bleibtreu spürte Übelkeit in sich aufsteigen und begann flach durch den Mund zu atmen. Die erdrückende Enge war auf seine Brust übergesprungen und trieb ihm erste Schweißtropfen auf die Stirn. Sein Brustkorb hob und senkte sich mit jedem Atemzug. Er rang nach Luft. Weitere Minuten verstrichen, ohne dass der Zug sich wieder in Bewegung setzte. Johann Bleibtreu begann zu keuchen. Die innere Unruhe, die angesichts der Hilflosigkeit in ihm wühlte, beschleunigte seinen Atem noch mehr. In dem Augenblick, als er glaubte, ihm würde schwarz vor Augen und er sänke im nächsten Moment haltlos in sich zusammen, setzte der Zug mit eben dem gleichen Ruck, mit dem er zum Stehen gekommen war, seine Talfahrt wieder fort.

Die folgenden Minuten wurden zu einer Ewigkeit. Eine Ewigkeit, in der er nur noch damit beschäftigt war, die bohrende Übelkeit zu unterdrücken, die von seinem Magen aus den gesamten Körper erfasst hatte. Die Gegenwart zerfloss im großen Ozean der Unendlichkeit, der alles zu verschlingen drohte. Vergangenheit und Zukunft hörten auf zu sein. Verzweifelt rang er darum, den Kopf über den Wogen dieses alles verschlingenden Meeres zu halten, bis die Strömung ihn endgültig mit sich hinabriss in die dunklen und unergründlichen Tiefen des Seins.

Die kühlen Hände, die sachte seine heißen Wangen tätschelten, holten ihn allmählich aus den Tiefen dieses Abgrundes wieder heraus. Jemand wischte mit einem Tuch über seine schweißige Stirn, und erschöpft öffnete Johann Bleibtreu seine Augen. Über ihm kniete die fremde Frau mit dem großen roten Mund und lächelte. Zu seiner größten Erleichterung stellte er fest, dass er sich nicht besudelt hatte. Trotzdem empfand er große Scham. Mühsam richtete er sich auf, wobei er verlegen dankend den Arm nahm, den sie ihm reichte. Mit einem kurzen Nicken verabschiedete er sich von ihr. Schwankend noch, und ohne ein weiteres Wort, verließ Johann Bleibtreu den Zug und trat ins Freie.

Er drehte sich nicht mehr um.

Er schlug den Weg zum nahen Hotel ein. Das strahlende Sonnenlicht blendete ihn und er blinzelte. Zwischen den dunklen Tannen glitzerte das smaragdgrüne Wasser des Eibsees. Die helle Mittagssonne spiegelte sich in der stillen

Oberfläche des Sees, ebenso, wie die schneebedeckten Gipfel. Johann Bleibtreu sah nicht mehr hinauf. Er beschloss, die vergangenen Stunden hinter sich zu lassen. Er spürte die warmen Sonnenstrahlen auf seinem Gesicht. Endlich.

Die Wirklichkeit war zum Greifen nahe. Sie war zu spüren. Endlich.

Er nahm einen tiefen Atemzug und seufzte.

Die Gegenwart hatte ihn wieder.

„Bitte nicht stören!"

„Guten Tag, Herr Professor!", rief der Portier von weitem und winkte. „So schnell schon wieder zurück?"

Johann Bleibtreu grüßte höflich, blieb die Antwort auf die Frage des Portiers allerdings schuldig. Eilig betrat er das Hotel und ließ sich an der Rezeption den Schlüssel seines Zimmers geben.

„Guten Tag, Herr Professor!" Die junge Empfangsdame in ihrer adretten Uniform und dem streng zurückgebundenen Haar sah von ihrer Arbeit auf. „Geht es Ihnen nicht gut, Herr Professor?"

„Ja, ... doch, doch!" Johann Bleibtreu nickte hastig.

Die junge Dame in Uniform sah ihn zweifelnd an, fragte aber glücklicherweise nicht weiter nach seinem Befinden. „Dann wünsche ich Ihnen noch einen schönen Tag, Herr Professor", sagte sie. Johann Bleibtreu spürte, wie sie ihn mit ihrem Blick verfolgte, bis die automatische Tür des Lifts sich hinter ihm schloss. Eigentlich konnte er Aufzüge nicht ausstehen. Er ärgerte sich, nicht daran gedacht zu haben, die Treppen zu benutzen. Das erste Obergeschoss war jedoch schnell erreicht, und die automatische Tür öffnete sich wieder. Johann Bleibtreu holte tief Luft. Ein Mann in einem blauen Skianzug stand vor ihm. Es war der Veranstalter.

„Hallo, mein lieber Professor!", rief er mit lauter Stimme und erhob den Skihandschuh zum Gruß."Was für ein wunderbares Wetterchen heute. Zum Heldenzeugen, nicht wahr?"

Der Veranstalter lachte breit, und sein braungebranntes Gesicht zog sich in tausend Falten. Johann Bleibtreu nickte stumm und trat aus dem Lift.

„Da muss man einfach rauf auf die Zugspitze, finden Sie nicht?" Der Veranstalter rückte seine Sonnenbrille auf der Stirn zurecht. „Kommen Sie mit, mein lieber Freund! Nutzen Sie den Tag!"

„Oh, ... da haben Sie sicherlich recht, aber ...", wehrte Johann Bleibtreu ab, er wolle lieber noch an seinem Vortrag arbeiten. Er habe noch ein paar Dias zu sortieren, erklärte er, und außerdem sei er noch etwas müde von der Anreise gestern. Er wolle sich lieber ein wenig ausruhen.

„Verstehe! Tun Sie das, Professor, damit Sie heute Abend gut vorbereitet sind ... Ja, ja, jedem das Seine, nicht wahr? Also dann wollen wir mal ..."

Der Veranstalter rückte erneut geschäftig seine Sonnenbrille zurecht und trat in den Lift. „Bis später, Herr Professor! Wir sehen uns noch."

Johann Bleibtreu schloss erleichtert seine Zimmertür auf und stellte fest, dass das Zimmermädchen schon saubergemacht hatte. Trotzdem hängte er vorsichtshalber das Schild „Bitte nicht stören" nach draußen. Man konnte ja nie wissen.

Alles war aufgeräumt.

Seine Schuhe hatte er eigenhändig heute Morgen in den Schrank gestellt. Er wollte nicht, dass das Zimmermädchen seine Schuhe aufräumen musste. Selbst seine Nachtwäsche hatte er vorsorglich selbst im Badezimmer aufgehängt. Auch damit sollte das Zimmermädchen nichts zu tun haben. Es gab Dinge wie seine Schuhe und seine Nachtwäsche, wofür er allein Sorge tragen wollte.

Um so größer war sein Befremden, als er seinen Pyjama auf dem Bett liegen sah, das Oberteil in der Taille zusammengeschoben, Ärmel und Hosenbeine über das Kopfkissen und die zurückgeschlagene Decke ausgebreitet. Es war beinahe, als wollte man ihn einladen, sich unverzüglich ins Bett zu legen. Im Geiste sah er das Zimmermädchen, wie es seinen Pyjama auf dem Bett zurecht legte und zu allem Überdruss lag auf dem Kopfkissen, so wie am Vorabend, wieder eine kleine Nascherei, das „Betthupferl", wie man hier sagte, mit den besten Wünschen für eine geruhsame Nacht.

Er stöhnte.

Er mochte keine Schokolade. Schon gar nicht vor dem Schlafengehen.

„Ein familiäres Haus mit Stil" hatte es im Prospekt geheißen, worunter er sich nichts Bestimmtes hatte vorstellen können. Schokolade auf dem Kopfkissen, ein ausgebreiteter Schlafanzug und eine zurückgeschlagene Bettdecke, das musste es wohl sein. Nichtsdestoweniger war es ihm unangenehm. Es berührte seine Privatsphäre. Er fühlte sich empfindlich gestört.

Was mochte sie alles noch berührt haben? Im Bad fiel ihm nichts Besonderes auf. Nur seinen Rasierapparat hatte sie aus der Steckdose gezogen und ins Regal gelegt. Erschöpft ließ er sich auf einen Sessel fallen und schaute auf das befremdliche Arrangement auf dem Bett. Eine Nacht hatte er hier bereits verbracht und eine weitere sollte er noch hier verbringen, bevor die Tagung zu Ende war. Er fühlte sich elend. Am liebsten wäre er wieder nach Hause gefahren, mit dem nächsten Zug schon. Dort kümmerte es niemanden, wo sein Rasierapparat lag, geschweige denn sein Pyjama. Dabei schämte er sich, keinen neueren eingepackt zu haben. Jetzt lachte ihm das gute alte Stück vom Bett aus entgegen, ja, fast schien es, als verhöhnte ihn dieses zur Groteske verwandelte Nachtgewand mit seinen ausgebreiteten Ärmeln. Als winkte es ihm zu, ohne Hände und ohne Füße. Als wollte es sich sogleich erheben, sich zu ihm setzen.

Schwerfällig erhob sich Johann Bleibtreu aus seinem Sessel. Er nahm den Pyjama vom Bett, faltete ihn zusammen und ließ ihn in seinem Koffer verschwinden. Heute Abend würde er in Unterwäsche schlafen. Der Pyjama blieb im Koffer.

Der Himmel hatte sich mit Wolken bezogen und Wind war aufgekommen. Johann Bleibtreu trat ans Fenster. Die Wipfel der Tannen wiegten sich sachte, und die Oberfläche des Sees kräuselte sich, so dass sich nichts mehr im heute Morgen noch so klaren Wasser spiegeln konnte. Er dachte an den Vortrag, den er zu halten hatte und griff zu seiner Aktentasche. Wenn er nun schon hier in seinem Hotelzimmer saß, so wollte er die Zeit wenigstens sinnvoll nutzen und seine Unterlagen noch einmal durcharbeiten. Er setzte sich wieder, nahm einen Bleistift zur Hand und vertiefte sich in die ersten Seiten. Ein schwacher Sonnenstrahl fiel durch das Fenster auf sein Manuskript und blendete ihn unerwartet heftig. Johann Bleibtreu sah auf. Es dürfte wohl der letzte Sonnenstrahl für heute gewesen sein, dachte er, der sich durch die immer dichter werdende Wolkendecke einen Weg nach unten gesucht hatte. Er blinzelte. Die steilen Felswände, über die sich vor wenigen Stunden noch ein stahlblauer Himmel gewölbt hatte, waren mittlerweile in eisigem Grau erstarrt, das sich kaum mehr vom Grau des Himmels unterschied. Im Geiste sah er die vielen Skifahrer auf der großen Terrasse in der Sonne sitzen. Doch noch ehe dieses Bild weiter Gestalt annehmen konnte, schob er es in die Tiefen seines Unterbewusstseins zurück, wo es bis in alle Zukunft im Schattenreich der unliebsamen Erinnerungen schlummern sollte.

Wieder versuchte Johann Bleibtreu sich auf seinen Vortrag zu konzentrieren. Nach jedem Abschnitt merkte er jedoch, dass er den Text zwar gelesen, aber nicht wirklich vergegenwärtigt hatte. Statt dessen drängte sich nun ein anderes Bild zwischen ihn und die Seiten in seiner Hand, ein Bild, dem er sich nicht entziehen konnte, so vertraut war es ihm, so wohltuend gerade heute, jetzt und hier in diesem unpersönlichen Hotelzimmer. Es war das Bild von Margaretes Rücken und ihrem langen Zopf, locker zusammengebunden, auf ihren runden Schultern ruhend. Eine Strähne hatte sich gelöst. Wie oft schon hatte er sie im Geiste zurückgestrichen, dabei wie zufällig ihr Ohr berührt.

Doch Margarete hatte sich niemals umgewandt.

Wie oft schon hatte er sich gewünscht, ihr Gesicht zu sehen. Ihren Mund, ihre Nase, ihre Augen und ihre Stirn. Den Schwung ihrer Hüften kannte er, die kräftigen Schenkel und die wohlgeformten Waden, ihre linke Brust und die Arme, die sich auf die Matratze stützen. Ihre langen Finger, unberingt und ungeschmückt, die auf dem Bettuch liegen. Nackt ist sie, nackt und natürlich, schmucklos und doch so wunderschön. Das einfache Band um ihren Zopf, welcher sich gerade zu lösen scheint, ist Margaretes einzige Zierde. Und sie braucht nicht mehr, dachte er und riss sich seufzend von ihrem Bild los.

Erneut zwang sich Johann Bleibtreu den vor ihm liegenden Text zu verinnerlichen. Absatz für Absatz kämpfte er sich mühsam vorwärts, bis er feststellte, dass er auf diese Weise nichts erreichte. Er entschied, den Vortrag stattdessen lieber laut vor sich hin zu sprechen, wovon er sich erhoffte, dass ihn das laute Sprechen wenigstens von störenden Gedanken aller Art abhalten würde. Er erhob sich und ging im Zimmer auf und ab, während er die Worte vor sich hin sprach und versuchte, den Text sprachlich möglichst abwechslungsreich und lebendig zu gestalten. Er war kein besonders guter Rhetoriker, das wusste er. Doch er bemühte sich stets bei seinen Vorträgen um eine klare und verständliche Sprache. Er wusste aus eigener Erfahrung, wie unerträglich es war, einem schlechten und noch dazu leise sprechenden Redner zuhören zu müssen.

So verstrich der Nachmittag.

Als Johann Bleibtreu sich auf seinem Bett ausstreckte, um sich nun wirklich noch ein wenig auszuruhen, hatte er das beruhigende und sichere Gefühl, sich gründlich genug vorbereitet zu haben. Ohne, dass er sich dagegen wehren konnte, versank er in einen kurzen, tiefen, von heftigen Träumen begleiteten Schlaf. Die Bilder des Vormittages drängten aus ihrer Verbannung in sein Traumbewusstsein. Hilflos wurde er Zeuge seiner eigenen Erlebnisse, gezwungen, das Geschehene ein zweiten Mal zu sehen und zu durchleben. Das stoische Lächeln des Kabinenführers verzerrte sich zur hässlichen Fratze und verfolgte ihn ebenso, wie das lüsterne Gesicht der jungen Frau. Alle Skifahrer auf der Terrasse winkten ihm zu und selbst die auf der Piste schwenkten ihre Arme und alle riefen: *Einen schönen Tag, Herr Professor!* Er wollte davonlaufen, kam aber im tiefen Schnee nicht voran. Er stolperte, strauchelte, fiel mit dem Gesicht in den Schnee und versank bis zu den Knien darin. Als er aufsah, fand er sich ganz alleine, kein Mensch war mehr zu sehen, weder der Kabinenführer noch die junge Frau mit dem großen Mund noch irgendein Skifahrer. Er bekam Angst und versuchte sich zu erinnern, wo der Einstieg zur Zahnradbahn war, doch er konnte ihn nicht finden. Hilflos irrte er im Schnee umher, suchend, bald rufend, ohne, dass er eine Antwort von irgendwoher erhielt. Ein Schneesturm kam auf und nahm ihm jede Möglichkeit sich weiter zu orientieren. Wieder rief er blind vor Angst um Hilfe, doch seine Stimme erstickte in einem jämmerlichen Keuchen. Er konnte nichts mehr sehen, nichts mehr hören, nichts mehr rufen. Er schlug um sich und wachte auf.

In Schweiß gebadet fand sich Johann Bleibtreu auf seinem Bett wieder, während die peinigenden Bilder langsam der behaglichen Wärme und der Wirklichkeit des Hotelzimmers wichen.

Er sah auf die Uhr und erschrak.

Es war höchste Zeit nach unten zu gehen. Wider Willen war er für über eine Stunde eingeschlafen. Nun musste er sich nicht nur beeilen, sondern sich auch schnellstens aus der trüben Stimmung seines Traumes, die ihn noch immer gefangen hielt, lösen. Für einen entspannenden Spaziergang war es viel zu spät. Aber das Wasser aus der Leitung war eiskalt und erfrischend. Immerhin das. Doch gänzlich ließ der Traum sich auch durch das kalte Wasser nicht vertreiben. Mit der Erinnerung an die weiße Einöde auf der Zugspitze und seiner Aktentasche unter dem Arm stieg Johann Bleibtreu die Treppen ins Erdgeschoss hinab.

„Guten Abend, Herr Professor!" Eine junge Empfangsdame in Uniform grüßte ihn freundlich, und Johann Bleibtreu fragte sich, woher sie wusste, wer er war.
„Sie suchen sicherlich die anderen Herren der Tagung?", fügte die sie mit gedämpfter Stimme hinzu. Er nickte und schob seinen Zimmerschlüssel über die Theke.
„In welchem Raum wird der Vortrag stattfinden?", fragte er und sah sich in der Vorhalle des Hotels um. Merkwürdigerweise war außer einem Ehepaar mit Kindern kaum jemand anwesend. Dabei sollte die Tagung doch beinahe dreißig Teilnehmer haben, hatte er gehört. Das Hotel war angeblich ausgebucht.
„Wo sind denn die anderen Tagungsgäste alle?", erkundigte er sich.

Die Uniformierte schüttelte bedauernd den Kopf. „Es hat eine kleine Panne gegeben", erklärte sie. Das völlig unerwartete Unwetter habe zu Stromausfällen und technischen Problemen bei den Bahnen, die auf die Zugspitze hinauffahren, geführt, laut jüngster Mitteilung der Bergwacht. Sie habe aber alles im Griff und sei bemüht, die Skifahrer oben so bald wie möglich sicher in ihre Hotels zurückzubringen. „Es sind wohl einige Kollegen von Ihnen dabei", fügte die Uniformierte mit hochgezogenen Augenbrauen hinzu.

Johann Bleibtreu schaute auf die Uhr. Wann der Anruf der Bergwacht gewesen sei, wollte er wissen. Die junge Dame schüttelte den Kopf. Sie wisse es nicht genau. Den Anruf der Bergwacht habe ihre Kollegin in der Mittagsschicht entgegen genommen.

„Wann war der Schichtwechsel?"

„Um 16.00 Uhr, Herr Professor", antwortete die Uniformierte.

„Das ist mittlerweile über zwei Stunden her", stellte Johann Bleibtreu fest. „Die Gäste müssten doch schon längst wieder zurück im Hotel sein."

„Ich bin sicher", entgegnete die uniformierte Dame, „es wird bestens für die Herrschaften dort oben gesorgt." Sie schlug Johann Bleibtreu vor, doch einstweilen einen Drink an der Bar zu nehmen, auf Kosten des Hauses natürlich. Vielleicht könne ein Apéritif ihm seine verständliche Besorgnis nehmen. Mit einer höflichen Geste zeigte sie zur Bar hinüber und hängte den Schlüssel seines Zimmers an den entsprechenden Haken. Dann wandte sie sich wieder irgendwelchen Schriftstücken zu. Johann Bleibtreu sah ein, dass im Moment nicht mehr Informationen zu erhalten waren und begab sich zögernd zur Bar hinüber.

Da an der Bar nur ein einziger Gast saß, ein älterer Herr mit Zeitung und einem Whiskey, wählte Johann Bleibtreu für sich das entgegengesetzte Ende der Bar. So konnte jeder für sich bleiben, der Zeitungsleser mit seinem Whiskey und er mit seinen Überlegungen. Doch noch bevor Johann Bleibtreu sich auf einen der hohen Barhocker geschoben hatte, stand schon der Barkeeper vor ihm.

„Guten Abend der Herr! ... Was darf´s denn sein?"

Der Barkeeper, jung, braungebrannt und sportlich, schlug einen Haus-Cocktail vor, den er eigens für diese Saison kreiert hatte, und der wahre Wunder wirkte, wie er zwinkernd versicherte. Doch Johann Bleibtreu winkte dankend ab. Er wollte keine Wunder erleben und bestellte sich ein kleines Pils. Bis das Pils fertig war er wusste, das dauert sieben Minuten bediente er sich bei den gesalzenen Erdnüssen, die vor ihm auf der Theke standen. Er wusste, dass ihm Erdnüsse und Bier nicht gut bekamen. Aber er hatte Hunger und war irgendwie nervös. Als sein Pils gebracht wurde, war das Schälchen halb leer, seine Finger salzig und Johann Bleibtreu suchte vergeblich nach einer Serviette. Erwartungsgemäß vertrug er das Bier nach den Erdnüssen nicht. Er wollte sich aber nichts anmerken lassen und nahm langsam einen Schluck nach dem anderen. Noch bevor das Glas leer war, hatte er Sodbrennen. Der Barkeeper unterhielt sich mit dem Zeitungsleser, Gott sei Dank, und beachtete ihn nicht. Einzig der Rauch der Zigaretten, die sie rauchten, drang zu Johann Bleibtreu herüber, was jedoch immer noch weniger unangenehm war, als sich mit den beiden unterhalten zu müssen. Sollten sie doch rauchen, Hauptsache er hatte seine Ruhe!

Nach weiteren zehn Minuten schließlich beschloss Johann Bleibtreu noch ein paar Schritte durch die frische Luft zu gehen, nicht nur, weil das Bier und die Erdnüssen schwer in seinem Magen lagen, sondern auch, weil sich mit jeder Minute des Wartens eine immer größer werdende Unruhe in ihm breit machte. Er fragte sich, *worauf* er eigentlich wartete. Auf die anderen Kollegen? Wo blieben sie? Auf das Abendessen? Wann würde es stattfinden? Oder darauf,

endlich seinen Vortrag halten zu können? Johann Bleibtreu wollte nicht länger warten und erhob sich.
„Darf´s noch etwas sein, der Herr?" Schnell eilte der Barkeeper vom anderen Ende der Bar herbei.
„Nein danke." Johann Bleibtreu schüttelte den Kopf.
„Moment, ... das war ein kleines Pils. Das sind dann also zwei Euro fünfzig, der Herr."

Johann Bleibtreu zögerte. Sollte der Drink nicht auf Rechnung des Hauses gehen?
„Ist irgend etwas nicht in Ordnung?", fragte der Barkeeper. Sein Dauerlächeln war plötzlich verschwunden.
„Nein, nein", versicherte Johann Bleibtreu hastig, „es ist nur ... ich dachte ..." Er zögerte. Es war ihm unangenehm auf die Einladung der jungen Damen am Empfang zu verweisen. „Ich dachte nur ... Ihre Preise sind ... Ihre Preise sind ...." Er biss sich auf die Lippen, zog sein Portemonnaie hervor und legte zwei Zwei-Euro-Münzen auf die Theke. Der Barkeeper dankte mit seinem gewohnten Dauerlächeln und wünschte Johann Bleibtreu noch einen schönen Abend. Dann verzog er sich wieder zu dem rauchenden Herrn am anderen Ende der Bar.

Johann Bleibtreu stutzte. Soviel Trinkgeld hatte er nicht geben wollen. Immerhin war er eigentlich eingeladen gewesen. Doch was sollte er tun? Schließlich tröstete er sich damit wenigstens die Erdnüsse dafür gegessen zu haben.

Als Johann Bleibtreu an der Rezeption vorbei ins Freie trat, zeigte die große Standuhr im Foyer sieben Uhr. In wenigen Minuten sollte eigentlich sein Vortrag beginnen und er fing an, sich ernsthafte Sorgen zu machen. Zwei weitere

Herren steuerten gemächlich auf die Bar zu, und im Foyer des Hotels fanden sich ein paar Gäste, die die Schaukästen betrachteten. Doch sonst war weit und breit kein Mensch zu sehen, noch nicht einmal der Veranstalter selbst. Johann Bleibtreu ärgerte sich.

Selbst wenn alle Tagungsteilnehmer jetzt, in den nächsten Minuten, vom Zugspitzgipfel herabgebracht würden, nass vom Schnee und durchgefroren, so würde jeder sicherlich noch gut eine halbe Stunde benötigen, bis er in der Lage sein würde, im Vortragsraum zu erscheinen. Das bedeutete, es würde mindestens halb acht, bis er überhaupt mit seinem Vortrag würde beginnen können. Das Abendessen würde sich infolgedessen auf mindestens halb neun verschieben, eine Verzögerung, die Johann Bleibtreu sehr unangenehm fand. Unangenehm, weil er einerseits nicht gerne so spät zu Abend speiste, andererseits aber auch, weil er seinen gut vorbereiteten Vortrag nun endlich hinter sich bringen wollte.

Der Portier nickte ihm abermals freundlich zu. Johann Bleibtreu nickte zurück. Er fror. Er stellte den Kragen seines Jacketts und zog den Hals ein.

Noch immer tobte ein fürchterlicher Sturm. Die Tannen bogen sich bedenklich, und der Portier hatte seinen Standplatz in Anbetracht des unwirtlichen Wetters nach drinnen, hinter die Drehtür, verlagert. Obwohl es dunkel war, konnte Johann Bleibtreu die Umrisse der Berge über den Bäumen erkennen. Er fragte sich, wann all die dort oben Gebliebenen endlich herabkommen würden. Bei der Vorstellung, zu dieser Stunde und bei dieser Kälte jetzt dort oben auf der Zugspitze zu sein, überlief ihn ein

Schauer. Hin- und hergerissen zwischen Mitgefühl für die bedauernswerten Kollegen und dem Ärger über die unangenehmen Verschiebungen im Tagungsprogramm, drängte sich die Erinnerung an den nachmittäglichen Traum in sein Bewusstsein. Da spürte er eine Hand auf seinem Arm und zuckte zusammen.

„Guten Abend!", vernahm er eine wohlbekannte Stimme und wandte sich um. „Geht es Ihnen jetzt besser?" Zwei schelmisch blinzelnde Augen schauten ihm offen ins Gesicht. „Ist doch wirklich schrecklich, finden Sie nicht, was dort oben passiert ist?!"

Johann Bleibtreu starrte auf den vollen roten Mund mit den strahlend weißen Zähnen, aus welchem die Frage kam. Er brachte kein Wort hervor, doch das schien die Frau an seiner Seite nicht zu stören. Wie schon einmal ergriff sie mit der gleichen Entschlossenheit seinen Arm und führte ihn wieder nach drinnen ins Foyer.

„Wollen wir einen Drink nehmen?", fragte sie und deutete auf die Bar.

„Ich wollte gerade einen Spaziergang machen", versuchte Johann Bleibtreu abzuwehren.

„Bei diesem Wetter?" Die Frau zog die Augenbrauen hoch und schüttelte verständnislos lachend den Kopf. „Das wird Ihnen ebenso wenig gut tun, wie Ihr Ausflug heute Vormittag", schmunzelte sie. „Kommen Sie!" Sie zog an seinem Arm.

An der Rezeption erkundigte sich Johann Bleibtreu noch einmal nach dem Verbleib der übrigen Tagungsteilnehmer, doch die Antwort war wieder die gleiche und wenig hilfreich. Die Bergwacht versuche noch immer ihr

Möglichstes. Mittlerweile wisse man, dass der Sturm eine Lawine ausgelöst habe, und die Zahnradbahntrasse völlig verschüttet sei. Die Seilbahn könne jedoch aufgrund des starken Sturmes zur Zeit auch nicht in Betrieb genommen werden. Man stehe in Funkkontakt mit der Bergstation, die heißen Tee verteile. Es könne aber durchaus noch Stunden dauern, ehe man mit der Abfahrt der von der Außenwelt Abgeschnittenen rechnen könne. Man erwäge Hubschrauber einzusetzen. Dies sei jedoch durch die Dunkelheit ebenfalls nicht unbedenklich.

Johann Bleibtreu starrte die junge Dame in Uniform ungläubig an. „Soll das heißen, dass heute Abend von denen dort oben keiner mehr ins Hotel zurückkommen wird?"

„Ich fürchte, das könnte so sein, Herr Professor", erwiderte die Uniformierte mit einem Schulterzucken. „Es sind zwar, laut Meldung der Bergwacht, die alle Namen der Vermissten aufgenommen hat, nicht alle dort oben Teilnehmer der Tagung, aber wohl doch der größte Teil." Sie seufzte. „Es war ja auch so ein traumhaftes Wetter heute Morgen ... Wer hätte das gedacht?" Wieder zuckte die Uniformierte mit den Schultern. Die gelassene, fast gleichgültige Haltung der Empfangsdame empörte Johann Bleibtreu zwar, doch er schwieg.

„Das geplante Abendessen in unserem Spezialitätenrestaurant *Zugspitzblick* wird aber davon unberührt, trotzdem stattfinden. Herr Professor können sich um acht Uhr, wie vorgesehen, im *Zugspitzblick* zum Diner einfinden. Das meldete uns die Küche soeben." Mit einer höflichen Handbewegung wies die Dame in Uniform zum Restaurant und wandte sich wieder anderen Arbeiten zu.

„Da gehören Sie also auch zu dieser Tagung und sind noch dazu ein *echter* Professor?" Der große rote Mund wurde noch breiter und die Augen der jungen Frau an seinem Ärmel zeigten freudige Überraschung. Johann Bleibtreu wusste nicht, was er sagen sollte, doch sie kam ihm zuvor. „Na dann, Professor, kommen Sie!" Sie zog an seinem Arm und sah auf die Uhr. „Der Abend ist noch lang, und trotz alledem sollte man ihn sich doch so angenehm wie möglich machen, nicht wahr?" Sie musterte ihn amüsiert. „Sich zu sorgen nutzt niemandem, am wenigsten denen dort oben auf dem Gipfel. Bis zum Diner dauert es noch fast eine Stunde. Was halten Sie davon", schlug sie vor, „wenn wir erst einmal gemeinsam an die Bar gehen?"

Davon hielt Johann Bleibtreu überhaupt nichts. Er verspürte wenig Lust, sich ein zweites Mal an die Bar zu setzen, geschweige in Begleitung dieser fremden Frau. Und warum *„erst einmal"*? Am liebsten wäre er auf sein Zimmer gegangen oder tatsächlich ein wenig an die Luft. Jedenfalls erschienen ihm alle Alternativen angenehmer, als die, mit der Frau an seinem Ärmel die Bar noch einmal aufzusuchen. Er fühlte sich bedrängt, genötigt eine Entscheidung zu treffen.

Doch Johann Bleibtreu wollte nichts entscheiden. Er wollte auch nicht antworten. Und am wenigsten wollte er sich unterhalten.

Er wollte seinen Vortrag halten. Er wollte in Ruhe zu Abend essen, bestenfalls die eine oder andere Frage zu seinem Vortrag beantworten, ein gutes Glas Wein trinken und möglichst zeitig zu Bett gehen. So mochte er es am liebsten, so kannte er es, so fühlte er sich wohl. So hatte er sich den

Abend vorgestellt, darauf war er vorbereitet. Alles andere entzog sich seiner Vorstellungskraft und blieb im Unwägbaren, dem er in seinem Innersten keinen Platz einräumte, das er nach Möglichkeit zu vermeiden suchte.

Am liebsten hätte Johann Bleibtreu ihr gesagt, sie solle gehen, ihn alleine lassen, oder wenigstens endlich seinen Ärmel loslassen. Doch die Worte erstickten beim ersten Versuch sie zu äußern, blieben im Halse stecken und erstarben. Gefügig ließ er sich zur Bar hinüber führen, wo sie ihn sanft auf eines der Sofas drückte. Sie selbst ließ sich neben ihm ebenfalls ins weiche Leder sinken. Ihr Knie drückte sich gegen seines. Das Sofa war sehr weich. Jede ihrer Bewegungen übertrug sich auf ihn. Er selbst wagte nicht, sich zu rühren. Während sie sprach wechselte sie öfters die Haltung, rutschte von einer Hüfte auf die andere, überschlug die Beine, lehnte sich vor und zurück, ohne ihn jemals aus den Augen zu lassen. Der große rote Mund sprach ohne Unterlass, nippte zwischendurch immer wieder an einem Martini und knabberte Erdnüsse. Johann Bleibtreu hatte sich wieder ein Pils bestellt, rührte aber von den Nüssen nichts an. Zunächst bemühte er sich, dem roten Mund zuzuhören, als er aber merkte, dass das gar nicht notwendig war und offenbar auch nicht zwingend von ihm erwartet wurde, erlaubte er seinen Gedanken zu Margarete zu schweifen und dort, wie so oft, in völliger Entspannung und Vertrautheit zu verweilen.

Margarete war anders.

Anders, als die Frau neben ihm.

Mehr denn je wünschte er sich, sie wäre hier bei ihm, in ihrer stillen, unaufdringlichen Art. In Gedanken sah er wieder ihren Rücken, den er so gut kannte, strich die widerspenstige Haarsträhne an ihren Platz zurück, genoss den Anblick ihrer Schenkel und betrachtete ihre schmale Hand auf der Matratze. Ob er es wagen durfte, ihren Rücken zu streicheln? Seine Hand zögerte, und zum ersten Mal konnte er der Versuchung nicht widerstehen. Sanft, als berührte er eine Schlafende, legte er seine zitternde Hand auf ihre runde Schulter. Seine Fingerspitzen bebten, als er sie unendlich sachte weiterführte bis hin zum Hals, den Nacken hinauf, am Haaransatz verweilte und den weichen Haarflaum unter seinen Fingerspitzen wahrnahm. Vorsichtig begannen seine Finger zu kreisen und, als habe er Angst, sie wachte dadurch auf, wagte er kaum zu atmen. Er fühlte ihre glatte und makellose Haut, und als er mit beiden Händen nun langsam ihren Rücken entlang strich, bis hinab zu den Grübchen, die er so liebte, da fürchtete er, zu weit gegangen zu sein, zu weit, ohne ihr ausdrückliches Einverständnis. Hatte er jetzt eine Grenze überschritten? Ihre Grenze? Oder war es seine eigene Grenze? Ihn schauderte, und er zwang seine noch immer pulsierenden Handflächen zur Ruhe. Er sah die Stelle auf ihrem Rücken, wo seine Hände noch soeben gelegen hatten und war versucht, sich bei ihr zu entschuldigen. Oder hatte sie es vielleicht sogar gemocht? Doch Margarete regte sich nicht. Sie regte sich nie. Und so blieb ihm nur ihr Bild, das sich tief in seine Seele eingegraben hatte und ihn begleitete, wo immer er war. Sie war stets bei ihm und doch niemals an seiner Seite. Margarete! Mitunter das Einzige, auf das er sich wirklich freute, wonach er sich innig sehnte, das ihm Erfüllung gab und sich doch niemals erfüllte.

„Ich glaube, Sie hören mir gar nicht zu, Professor", drang es von unendlich weit her an sein Ohr. „Ist alles in Ordnung?"

Johann Bleibtreu löste sich erschrocken von seinen inneren Bildern. „Oh doch ... doch", versicherte er hastig, wohl wissend, dass es nicht der Wahrheit entsprach.

„Ja, dann erzählen Sie mir doch etwas von sich, nun, da Sie mir so aufmerksam zugehört haben!" Wieder umspielte ein eigenartiges Lächeln ihren großen Mund.

Johann Bleibtreu zögerte. „Von mir?" Er räusperte sich. „Da, da gibt es wirklich nicht viel zu erzählen."

„Das kann nicht sein", widersprach sie und schüttelte den Kopf. „Jeder hat seine Geschichte."

„Es würde Sie langweilen, gnädige Frau."

„Fangen Sie doch erst einmal an. Ich werde es Ihnen schon sagen, ob es mich langweilt."

„Ich bin kein guter Geschichtenerzähler."

„Ach Professor", seufzte sie, „ein Mann der Worte sind Sie wirklich nicht." Sie stützte die Ellenbogen auf ihre Knie und fuhr mit der Hand durch ihr Haar. „Aber, was sind Sie *dann*?"

„Wie meinen Sie das?"

„So, wie ich es gesagt habe: *Was* sind Sie?"

Johann Bleibtreu wusste nicht, was er antworten sollte und schwieg.

„Sie sind kein Geschichtenerzähler und Sie sind kein Biertrinker, wie man sehen kann." Sie lachte und schüttelte wieder belustigt den Kopf. „Nun denn, vielleicht finden Sie irgendwann heraus, was Sie sind. Und vielleicht erzählen Sie es mir dann!"

Der Barkeeper kam an ihrem Tisch vorbei und fragte, ob die Herrschaften noch etwas zu trinken wünschten. Johann Bleibtreu verneinte. Er müsse jetzt zum Abendessen ins Restaurant, erklärte er, dankbar, einen Grund gefunden zu haben, das Gespräch abzubrechen.
„Das waren dann also ein Bier und ein Martini ... das macht genau ...!" Der Barkeeper hielt ihm die Rechnung hin.
„Ein Bier und ... ein Martini ...?", murmelte Johann Bleibtreu und schaute die Frau fragend an.
„So ist es, Professor", erklärte sie, und, als müsse sie etwas richtig stellen, fügte sie hinzu: „Ich hatte nur diesen *einen* Martini, nicht mehr!"

Johann Bleibtreu zog sein Portemonnaie hervor und bezahlte den Martini und das Bier, das er tatsächlich kaum zur Hälfte ausgetrunken hatte. Mühsam erhob er sich aus dem tiefen Sofa. Auch die junge Frau an seiner Seite stand auf und folgte ihm aus der Bar.
„Nun ja Professor, großzügig sind Sie ja nicht gerade, und immer ein bisschen geistesabwesend wirken Sie." Sie tätschelte seine Hand, als spräche sie mit einem Greis. „Es ist jetzt acht Uhr. Sie müssen zum Abendessen gehen. Aber haben Sie trotzdem vielen Dank für den Martini! Vielleicht ... sehen wir uns ja noch einmal."

Johann Bleibtreus Befürchtungen lösten sich in Nichts auf, und er war bemüht, sich dies nicht anmerken zu lassen. Sie war also keine Ärztekollegin, nahm nicht an der Tagung teil und würde auch nicht mit ihm zum Abendessen gehen. Auf die Frage, wer sie war und weshalb sie den Kontakt zu ihm suchte, verspürte er wenig Bedürfnis eine Antwort zu finden. „War mir ein Vergnügen", murmelte er schnell.

Sie sah ihn an. „Schwindler sind normalerweise auch gute Geschichtenerzähler." Mit diesen Worten drehte sie sich um und ging davon.

Ein Kellner fragte Johann Bleibtreu nach seinem Namen und brachte ihn an einen Tisch am großen Panoramafenster des Speisesaals, von wo aus man einen atemraubenden Blick über den stillen See und das dahinter aufragende Gebirgsmassiv hatte. Johann Bleibtreu nahm Platz. Einer der besten Plätze, sagte der Kellner. Doch Johann Bleibtreu fühlte sich unwohl. Er saß nicht gerne mit dem Rücken zum Speisesaal und erwog den Platz zu tauschen. Gerne wollte er den Vorzug des traumhaften Blickes einem anderen Gast überlassen. Doch da trat der Keller bereits mit zwei weiteren Herren an den Tisch, die sich vorstellten und die verbleibenden Plätze einnahmen.

Johann Bleibtreu sah sich nach dem Veranstalter um. Wenn das gemeinsame Diner nun doch pünktlich beginnen sollte, wann würde er dann seinen Vortrag halten? Bis jetzt hatte er noch gehofft, dies vor dem Essen hinter sich bringen zu können.

Auf einem Tablett, mit dem der Kellner von Tisch zu Tisch ging, wurde Sekt gereicht. In Anbetracht der noch immer vermissten Kollegen fiel der offizielle Stehempfang aus. Auch die Ansprache des Veranstalters war erheblich kürzer als geplant. Man erfuhr, dass die Bergwacht mittlerweile mit Hubschraubern die Wintersportler aus ihrem unfreiwilligen Exil hole, was aber sehr viel Zeit in Anspruch nehme, so dass mit den Herrschaften frühestens in ein bis zwei Stunden zu rechnen sei. Die wenigen Anwesenden sollen sich jedoch

das Abendessen trotzdem schmecken lassen, der Vortrag von Herrn Professor Bleibtreu müsse allerdings durch die dramatischen Umstände heute Abend leider ausfallen. Möglicherweise könne der Vortrag aber morgen Vormittag noch eingeschoben werden, insofern alle Tagungsgäste damit einverstanden seien und nicht schon gleich nach dem Frühstück abzureisen gedächten. Der Veranstalter nickte Johann Bleibtreu, sein Einverständnis voraussetzend, zu und begab sich zu dem Tisch, an welchem er mit den beiden anderen Herren bereits saß. Dort nahm der Veranstalter den verbleibenden vierten Platz ein, hob sein Glas und sprach mit der ihm eigenen, lauten Stimme:
„Ich möchte doch wenigstens bei meinem geschätzten Referenten, Ihnen, Herrn Professor Bleibtreu, am Tisch sitzen, wenn die Umstände unser gesamtes Abendprogramm schon so durcheinander bringen! Was meinen Sie, meine Herren?"

Die beiden Herren pflichteten dem Veranstalter bei, erhoben ihre Gläser und sprachen einen Toast auf Johann Bleibtreu aus, was ihm sehr unangenehm war, richteten sich in diesem Moment doch aller Augen auf ihn. Er nickte verlegen und hob ebenfalls sein Glas.
„Ja, so etwas Unglaubliches ist mir noch nie vorgekommen. Da lehren uns die Naturgewalten wieder einmal, wie wenig wir mit unseren wissenschaftlichen Errungenschaften doch letztlich vermögen, nicht wahr?"
„Wohl gesprochen, mein lieber Herr Kollege Seebach! Es gibt Dinge zwischen Himmel und Erde, die unsere menschliche Einflussnahme überschreiten. Wir werden wohl wochenlang in den Medien verfolgen können, wie

man sich die Entstehung des Unglücks zu erklären versucht und die Schuldzuweisungen zwischen den Betreibern der Bahnen, der Bergwacht und so weiter werden, wie immer in solchen Fällen, endlos hin- und hergehen. Man wird spekulieren, wie und ob alles vermeidbar gewesen wäre, doch wirklich weiterkommen werden wir nicht. Was meinen Sie, Herr Professor?"

„Ich bin ganz Ihrer Ansicht", bekräftigte Johann Bleibtreu kurz und hoffte, nichts weiter dazu sagen zu müssen.

„Ja", ertönte wieder die sonore Stimme des Veranstalters, „wir können nur hoffen, dass die bedauernswerten Kollegen und Kolleginnen in Bälde gerettet werden können. Von hier unten aus kann man überhaupt nichts für sie tun. Aber wir vertrauen der Bergwacht und ihren Einsatzmännern. Bis allerdings alle mit dem Hubschrauber heruntergebracht sein werden, das wird vermutlich noch eine ganze Weile dauern. Immerhin ist ja noch nicht einer von ihnen bisher im Hotel eingetroffen. Weiß der Teufel, weswegen das nicht vorangeht!"

„Ich jedenfalls, so sehr ich für die Kollegen Mitleid empfinde, bin froh, nicht dort oben zu sein. Ich bin kein Skifahrer, noch nie gewesen", versetzte Seebach. „Habe statt dessen heute einen Spaziergang durch Garmisch unternommen. Reizendes Städtchen, muss ich sagen, ganz reizend."

„Jawohl", pflichtete der dritte Tischherr Seebach bei, „da haben Sie wahrlich recht daran getan. Ein Spaziergang durch Garmisch, das hätte allen eine Menge Aufregung erspart, nicht wahr?" Und lachend fügte er hinzu: „Ich war auch in Garmisch. Allerdings nicht, um dort spazieren zu gehen. Ich habe eine Autowerkstatt gesucht. Mein Wagen hatte auf der Herfahrt eine Panne und so sah ich mich leider gezwungen, mich statt der wunderbaren Landschaft der Technik meines Wagens zu widmen. Aber jetzt, na ja, jetzt bin ich sehr froh, dass es für mich so gekommen ist und nicht anders. Sonst wäre ich nun wohl auch dort oben ... Und Sie Professor, was haben Sie heute unternommen? Offensichtlich haben Sie ebenfalls darauf verzichtet, die Zugspitze zu besuchen?"

Johann Bleibtreu schluckte. Von seinen Erlebnissen auf dem Gipfel der Zugspitze wollte er keinesfalls etwas erzählen, schon gar nicht den Herren hier am Tisch. Doch der Veranstalter kam ihm zuvor:
„Den Professor habe ich doch heute Morgen vor dem Hotel gesehen, wie er sich gerade auf den Weg in Richtung Talstation gemacht hat, habe ich recht? Sie haben irgendein Liedchen gepfiffen und wirkten recht munter", berichtete der Veranstalter zu Johann Bleibtreus Bestürzung, der sich auf solch peinliche Weise ertappt sah. Drei Augenpaare richteten sich erwartungsvoll auf ihn, der doch keinerlei Bedürfnis hatte, näher auf die Begebenheiten des Vormittages einzugehen, sich jedoch mit der Unumgänglichkeit einer Antwort konfrontiert sah.

In diesem Augenblick trat der Kellner mit der Vorspeise an den Tisch und die allgemeine Aufmerksamkeit ging zu den leiblichen Genüssen über. Johann Bleibtreu atmete erleichtert auf, gewährte ihm die Vorspeise doch einen Aufschub bei der noch ausstehenden Antwort auf sein Tagesprogramm.

Während die Herren sich den ersten Gang des Menüs schmecken ließen, senkte sich eine wohltuende Stille über

den Saal. Achtundzwanzig Teilnehmer habe die Tagung, erzählte der Veranstalter indessen weiter, zwölf davon seien heute Abend hier im Saal. Er selbst kenne bei weitem nicht alle persönlich. Er, als vorgesetzter Bezirksleiter, vertrete zwar die Firma hier, habe jedoch nichts eigentlich mit den geladenen Ärzten zu tun. Dies sei Aufgabe der Außendienstmitarbeiter. Er mache gewissermaßen nur die Supervision, raunte er über den Tisch zu Johann Bleibtreu hinüber, der gerade sein Besteck zusammenlegte.
„Ich bedaure es wirklich sehr, Ihren Vortrag heute nicht hören zu können, Professor. Die gestrigen Vorträge der Herren XY..."
„Neiles und Albrecht", sagte Johann Bleibtreu, der das Tagungsprogramm und die Referenten im Laufe des Nachmittags studiert hatte.
„Neiles! Ganz recht, Neiles war sein Name! ... Ein vielversprechender junger Mann, finde ich." Der Veranstalter wurde mit jedem Satz wieder lauter. „Ja, die Vorträge waren nicht schlecht. Inhaltlich sehr informativ, jedoch von rhetorischer Seite her weniger überzeugend. Lauter hätte er reden müssen, der junge Kollege", und mit einer großen Geste verlieh der Veranstalter seiner Beurteilung das entsprechende Gewicht. „Es kommt oft gar nicht so sehr darauf an, *was* Sie sagen, sondern *wie* Sie es sagen, meine Herren. Schade, wirklich schade, dass wir Ihren Vortrag heute Abend nicht zu hören bekommen, Professor. Sicherlich ein fachlicher Leckerbissen ..."

Die beiden besagten Kollegen Albrecht und Neiles waren nicht anwesend, stellte Johann Bleibtreu fest. Dadurch waren sie zwar der nicht zu überhörenden Kritik des

Veranstalters entgangen, jedoch hatten sie wahrscheinlich ein noch viel unangenehmeres Los, jetzt, zu dieser Stunde auf der Zugspitze. Was würde der Veranstalter wohl über ihn und seinen Vortrag zu sagen haben? Und ... sollte er sich bedauern oder beglückwünschen dazu, dass der heutige Abend so unplanmäßig verlief? Er war sich selbst nicht ganz sicher, ob es ihm nicht letztlich sogar so, wie sich die Dinge mittlerweile entwickelt hatten, lieber war. Er mochte die Vortragstätigkeit ohnehin nicht besonders, hatte sie in der Vergangenheit auf ein Minimum beschränkt. Die Rhetorik war nicht seine Sache, das spürte er immer wieder. Und doch war da sein Anspruch, das, was er tat, auch möglichst gut zu machen. Zwischen Anspruch und Fähigkeit aber klaffte eine Schlucht, die ihm wohl bewusst war, ihn aber immer wieder herausforderte. So auch diesmal, als er die Zusage gegeben hatte, über dieses ebenso umfangreiche wie auch schwierige Thema zu referieren.

Die drei Herren an seinem Tisch hatten ihr Gespräch fortgesetzt und Johann Bleibtreu war dankbar, aus dem Mittelpunkt ihres Interesses gerückt zu sein, hoffend, dass sich dies nicht so schnell ändern möge.

Er bedauerte es indessen doch, seinen Vortrag nicht halten zu können, weniger, weil er somit die Ergebnisse seiner Untersuchungen nicht vermitteln konnte, sondern vielmehr, weil er die zur Vorbereitung aufgewandte Zeit bedauerte, die er anderweitig hätte nutzen können. Nicht nur zu Hause hatte er viele Stunden darauf verwandt, die neuesten Dias aus den Archiven herauszusuchen und zu sortieren, auch mit dem Text hatte er sich besondere Mühe gegeben, hatte versucht, ihn während der Zugfahrt hierher zu verinnerlichen, und schließlich hatte er sich den gesamten Nachmittag im Vortragen selbst geübt. In seinem Hotelzimmer war er wohl ein Dutzend Mal auf und ab gegangen. Nun konnte er fast Wort für Wort auswendig. Er war gerüstet für viele Fragen, die im Anschluss möglicherweise auf ihn zugekommen wären, man musste mit allen Eventualitäten rechnen. Nur ein Vortrag, der hinterher lebhaft diskutiert wird, ist ein gelungener Vortrag. Das wusste er. Doch eben dieser Teil der Veranstaltung bereitete ihm stets die größte Sorge, und so hatte er sich Fragen ausgedacht, die er sich selbst gestellt und selbst beantwortet hatte. Alle möglichen Fragen und Antworten hatte er erwogen, so lange, bis er sicher war, dass ihn nichts unvorbereitet treffen konnte.

Angesichts all dessen erschien ihm die wertvolle Zeit beinahe doch verschwendet. All die Stunden, langen Stunden, all die Abende. Oder doch auch wieder nicht? Zeit. Was hätte er in jener Zeit anderes tun können? Was war ihm denn entgangen? Abends in seinem Büro, in Margaretes angenehmer und stiller Gesellschaft, als er seine vielen hundert Dias durchsah, da war ihm nichts entgangen. Er hatte die Abendstunden in der Klinik jenseits des fordernden und umtriebigen Alltages genossen. Zu dieser Zeit störte ihn üblicherweise niemand mehr. Er war allein und doch nicht allein. Meist ging er erst spät nach Hause, aß noch etwas und legte sich wenig später zu Bett. Dabei fragte er sich, ob nicht eigentlich das Krankenhaus sein wahres Zuhause sei. Alles in seinem Büro war ihm vertraut. Wenig zog ihn in die gemieteten vier Wände, außer ... Gelegentlich hatte er schon daran gedacht, Margarete einfach mitzunehmen, verbunden mit der vagen Hoffnung, sie möge ihm dort in seiner Wohnung ein Stückchen Heimat und Vertrautheit schenken. Vielleicht hätte ihm Margarete auf diese Weise das Nachhausegehen erleichtert. Aber Margarete war untrennbar mit seinem Büro verbunden, und da er viel mehr Stunden in der Klinik verbrachte, als in seiner Wohnung, hätte er sie dann wohl stattdessen dort vermisst. Sie hatte ihren Platz in seinem Büro und da sollte sie auch bleiben. Keine Stunde in ihrer unaufdringlichen Gesellschaft war vergeudet, und oft fand er erst in der abendlichen Ruhe die Muse und Gelegenheit, sich auf sie einzulassen, ganz zu ihr zu finden. Nein, es war im Grunde gleichgültig, weswegen er länger in seinem Büro blieb, ob er nun Dias sortierte, einen Vortrag vorbereitete, Fachzeitschriften las oder sich Margarete widmete, in seiner Wohnung wartete nichts auf ihn. Fast nichts außer seinem Klavier.

Und die Zugfahrt nach Garmisch war im Grunde auch keine verschwendete Zeit gewesen. Da er selten Urlaub machte, war er über die Einladung an den Eibsee erfreut gewesen. Ein guter Anlass, doch einmal wieder zu reisen. Nachdem er zumindest ab München ein Abteil für sich alleine gehabt hatte - abgesehen von dem wunderlichen Zusammentreffen mit dem verzweifelten Schaffner - hatte weder sein Gemurmel beim Lesen seines Vortrags einen anderen Mitreisenden belästigt, noch hatte er sich selbst durch einen Fahrgast abgelenkt oder gestört gefühlt.

Wieder kam ihm der Schaffner in den Sinn.

Er erinnerte sich genau. Weshalb hatte der Schaffner ihm so persönliche Dinge erzählt? Ausgerechnet ihm! Was hatte der Schaffner von ihm erwartet, und was hätte er dem

Mann sagen sollen? Er kannte weder ihn noch dessen Frau, die dem Geplagten offenbar so zugesetzt hatte. Vor allem: Was konnte er, ein ahnungsloser Reisender, dafür, dass der Schaffner an diesem Abend arbeiten musste? Der Schaffner hätte seinen Unmut darüber keinesfalls an einem Fahrgast auslassen dürfen. Er hätte sich mehr unter Kontrolle haben müssen. Persönliche Dinge gehören nicht in den Dienst. Das Private muss vom Beruflichen getrennt werden. Im Grunde war dieses Verhalten eine Zumutung, eine Belästigung, gewesen. Wenn jeder seine persönlichen Sorgen und Nöte seinen Mitmenschen zumuten würde, nicht auszuhalten! Je länger Johann Bleibtreu darüber nachdachte, desto unerhörter erschien ihm die Begegnung mit dem Schaffner. Nur schade, dass er nicht früher im Hotel angekommen war. Gerne hätte er die beiden Eröffnungsvorträge der beiden Kollegen Neiles und Albrecht gehört. Das Thema war jedenfalls interessant.

Jedenfalls hatte er sich schon zu Hause vorgenommen, die Gelegenheit zu nutzen, um die Zugspitze zu besuchen. Der zweite Tag seiner Reise sollte ihm zur freien Verfügung stehen, hatte es geheißen. So bot es sich an, einen Ausflug auf Deutschlands höchsten Berg zu machen. Dort oben könne man spazieren gehen, hatte er gehört, dabei die traumhafte Aussicht genießen und im Bergrestaurant ausgezeichnet essen. Er war an regelmäßige kleine Mahlzeiten gewöhnt, hielt die Zeiten meist genau ein und hatte damit für sich in den letzten Jahren sehr gute Erfahrungen gemacht. Alles in allem hatte er sich auf diesen Tag gefreut, und nachdem ihn das Wetter heute Morgen mit einem strahlend blauen Himmel empfangen hatte, da war ihm sogar eine kleine Melodie in

den Sinn gekommen. Ungewöhnlich genug, befand er nun, doch so guter Dinge war er offenbar gewesen.
„Nehmen der Herr Professor zum Lamm einen Rotwein?" Der Kellner lächelte höflich und zeigte ihm die Flasche. Johann Bleibtreu, schreckte aus seinen Gedanken und wollte dankend ablehnen, doch da rief der Veranstalter bereits über den Tisch zu ihm herüber:
„Ha, Herr Professor, kneifen gilt nicht. *Den* müssen Sie probieren!" Er hob sein bauchiges Glas und ließ den Rotwein darin kreisen. „Kirchenfenster", erklärte er, „sehen Sie diese Bögen, meine Herren?" Er setzte das Glas an die Lippen und schlürfte geräuschvoll mit genussvollem Gesicht und Kennermiene den Wein. „Wie schmeckt er Ihnen, Seebach? ... Und Ihnen?" Der Veranstalter wandte sich an seine Tischherren.
„Ein wahrhaft exquisites Tröpfchen", pflichtete Seebach seinem Gastgeber bei und nickte Johann Bleibtreu zu.
„Zum Wohle, Herr Professor!" Seebach runzelte besorgt die Stirn. „Sie wirken etwas abgespannt, mein Lieber. Bekommt Ihnen das Essen nicht?"
„Oh, doch, doch!", erwiderte Johann Bleibtreu schnell, „ganz vorzüglich, wirklich ganz vorzüglich."
„Nun, vielleicht ist es die Bergluft!", lachte der Veranstalter. „Manch einem bekommt sie nicht, sagt man." Wieder hob er sein Glas, schwenkte den Inhalt und prostete Johann Bleibtreu zu. „Dann trinken Sie mit uns, Professor, und lassen Sie uns wenigstens in dieser Hinsicht das Beste aus dem Abend machen!" Wieder lachte der Veranstalter laut.

Der Kellner schenkte Johann Bleibtreu von dem kostbaren Tropfen ein.

„Bezahlen muss die Firma das alles sowieso. Also lassen wir es uns gut gehen, meine Herren!" Der Veranstalter erhob sich von seinem Stuhl und sprach einen Trinkspruch in den Raum hinein. Manche der Gäste nickten, andere ließen sich in ihren Gesprächen nicht stören und schienen den Toast des Gastgebers zu überhören.

„Versuchen wir es zumindest", schaltete sich der vierte Tischherr ein. „In Anbetracht des dramatischen Unglückes ist es ja nicht so ganz einfach."

„Ach was!", rief der Veranstalter erregt. „Die Ärmsten dort oben haben ganz und gar nichts davon, wenn wir hier unten darben. So ist wenigstens die Hälfte meiner Tagungsteilnehmer satt, nicht wahr, Professor, oder wie sehen Sie das?"

Johann Bleibtreu widersprach nicht, fühlte sich aber zunehmend unbehaglich und hätte sich am ehesten gewünscht, das Essen an dieser Stelle beenden zu können, um sich auf sein Zimmer zurückzuziehen. Er war trotz seines anfänglich großen Hungers wider Erwarten schon nach der Vorspeise satt, doch schon in diesem Augenblick trat der Kellner wieder an den Tisch und servierte das Lamm. Er schenkte Rotwein nach und die Herren unterhielten sich über Anbaugebiete, Rebsorten, Qualitätsmerkmale und ihre persönlichen Weinkeller.

„Sie sind so schweigsam, Herr Professor. Wollen Sie uns nicht verraten", erkundigte sich Seebach, „welchen Wein Sie zu Hause bevorzugen?"

Er trinke kaum Wein, antwortete Johann Bleibtreu wahrheitsgemäß und bedauerte höflich, zu diesem Thema wenig von seiner Seite beitragen zu können. Erfreulicherweise machten die Herren an seinem Tisch keinen weiteren Versuch, ihn in ein Gespräch einzubinden und ließen ihn fortan in Ruhe.

Der aufmerksame Kellner schenkte Wein nach. Johann Bleibtreu hätte nicht sagen können, dass ihm der Wein nicht schmeckte. Nein, im Gegenteil, mit jedem Schluck begann der Wein seine Wirkung zu entfalten. Johann Bleibtreu trank selten. Es dauerte nicht lange und eine bleierne Schwere legte sich über ihn. Seine Wangen begannen zu glühen. Er fragte sich, ob die anderen Herren das ebenso fühlten, wagte aber nicht zu fragen. Mit einem Mal durchzuckte ihn der Gedanke, es könnte jemand plötzlich auf die Idee kommen, dass er seinen Vortrag doch noch halten sollte. Er selbst hatte seinen Vortrag inzwischen schon vergessen. Der Vortrag war auf einmal nicht mehr wichtig. Zunächst hatte er zwar bedauert, dass alles so gekommen war, aber mittlerweile war es ihm fast lieber so. Er war beinahe erleichtert.

Aber wenn der Veranstalter nun doch noch auf den Gedanken käme ... jetzt, hier und jetzt, nach dem reichhaltigen Essen und dem schweren Wein?

Johann Bleibtreu malte sich aus, wie er mit zitternden Händen seine Seiten zusammensuchte, den Anfang nicht fand, im Text hängen blieb, stotterte, sich wiederholte, sich verhaspelte und ein beschämendes Schweigen sich im Saal breit machte. Seine Zunge schien ihm nicht mehr zu gehorchen, die Worte nicht mehr formen zu können. Nein, er hatte den Punkt längst überschritten, fühlte sich nicht mehr in der Lage, diese Herausforderung anzunehmen.

Aber immer wieder streifte der Veranstalter ihn mit seinem Blick, und der Gedanke, er fordere ihn sogleich

zum Reden auf, versetzte Johann Bleibtreu in immer größer werdende Panik. Im Geiste sann er nach Ausreden, weshalb ihm dies jetzt keinesfalls mehr möglich war, wohl wissend, dass es äußerst schwierig werden würde, sich dem Drängen des Veranstalters erfolgreich zu widersetzen. Seine Zunge lag schwer und bewegungslos im trockenen Mund, und obgleich Johann Bleibtreu glaubte, kein einziges Wort hervorbringen zu können, sah er nur eine einzige, winzige Chance. Eine Chance, den Veranstalter so lange wie möglich von seinem Vorhaben abzuhalten. Ihn gar nicht erst auf die Idee kommen zu lassen. Er musste den Veranstalter ablenken. Er musste ihn in ein Gespräch verwickeln.
„Es war ein Wanderlied aus meiner Kindheit", begann Johann Bleibtreu langsam, „aber ich habe den Text vergessen."

Drei Augenpaare richteten sich verwundert auf ihn.
„Ich habe früher einmal alle sechs Strophen auswendig gewusst", sagte er und schaute auf.
„Ein Wanderlied aus Ihrer Kindheit?", fragte der Veranstalter gedehnt und seine Augenbrauen hoben sich überrascht.
„Nun", Johann Bleibtreu kam ins Stocken, „Sie haben mich doch heute morgen pfeifend zur Talstation gehen sehen."
„Ach so!", rief der Veranstalter, „also doch zur Talstation! Und? Sind Sie hochgefahren?"
„Ja", antwortete Johann Bleibtreu. „Aber ich war nicht lange oben."

Seebach schaute ihn merkwürdig aufmerksam an. „Fahren Sie Ski?", wollte er wissen.
„Nein", antwortete Johann Bleibtreu, „ich wollte die Aussicht kennen lernen."

„Und, wie hat sie Ihnen gefallen?", fragte Seebach weiter.
„Es war so, wie im Prospekt abgebildet", bestätigte er.
„Ich wollte eigentlich morgen hinauf", schaltete sich nun der vierte Tischherr ein. „Nachdem ich so viel Zeit mit der Reparatur meines Wagens zugebracht habe, waren dies meine Pläne für den morgigen Tag. Aber unter diesen Umständen ..."
„Ja, ja", pflichtete Seebach dem Kollegen bei, „verständlich! Doch Gott sei Dank war es Ihnen heute verwehrt gewesen. Stellen Sie sich vor, Sie wären jetzt auch dort oben. Wahrlich, wir hatten Glück! Hier unten geht es uns besser."
„Das trifft doch auch für Sie zu, lieber Professor!", stellte der Veranstalter fest. „Sie sind zwar darum gebracht worden, uns heute Abend mit Ihrem Vortrag zu beglücken, aber immerhin sitzen Sie jetzt hier und speisen mit uns!" Der Veranstalter hob sein Glas. „Und dieser Wein! Entschädigt doch für vieles, oder?"

Die Herren nickten, und als alle ihre Gläser ebenfalls hoben, um auf ihr Glück im Unglück anzustoßen, hatte Johann Bleibtreu keine andere Wahl, als es ihnen gleich zu tun.
„Ich hatte ja sogar schon daran gedacht", warf der Veranstalter ein, „Sie den Vortrag vor reduzierter Hörerschaft halten zu lassen, damit wenigstens die Teilnehmer hier unten das geboten bekommen, weswegen sie eigentlich hier sind, nämlich ein wissenschaftliches Programm der Spitzenklasse."

Der Veranstalter unterstrich mit erhobenem Daumen die Qualität seines Tagungsprogramms. „Schließlich wollen wir auch ein bisschen arbeiten hier, nicht wahr, meine Herren. Ich habe mit einer lebhaften Diskussion im Anschluss an

Ihren Beitrag, Herr Professor, gerechnet. Wie haben Sie den Vortrag denn konzipiert?"

Johann Bleibtreu erbleichte.

„Was meinen Sie, verehrtester Herr Professor?", fuhr der Veranstalter unbeirrt fort. „Erzählen Sie doch mal ein bisschen aus dem Nähkästchen!"

Nun war es doch soweit! Hatte er es doch geahnt. Zu spät. Johann Bleibtreu rang nach Worten, die er sich im Geiste schon zurechtgelegt hatte. „Ich meine ... ich denke, ... ich denke, dass es doch wirklich schade wäre, die anderen dort oben auszuschließen." Er machte eine Pause. „Die können ja nichts dafür, dass sie nicht hier sein können."

„Das, mein lieber Professor", rief Seebach, „das finde ich wirklich großartig!" Seebach klopfte mit seinen Fingern auf den Tisch. „Das ist echte Noblesse! Noblesse im Geiste. Aufrichtiger Verzicht zugunsten der anderen. Nein, noch viel mehr!" Seebach ereiferte sich mit jedem Wort. „Sie verzichten ja nicht zugunsten der anderen, denn die haben ja nichts davon, wenn Sie verzichten. Nein, der Herr Professor verzichtet aus Gründen der Gleichberechtigung und des Anstandes. Ethik, das ist es!"

„Ganz recht, Seebach!", rief nun auch der Veranstalter. „Was für eine soziale Gesinnung! Ich wusste ja gar nicht, dass Sie, lieber Herr Professor, solch ein lobenswertes Menschenbild haben."

Johann Bleibtreu wusste nicht, wohin er schauen sollte. Auch die anderen Herren an den übrigen Tischen blickten inzwischen zu ihm herüber.

„Sehen Sie", fing der Veranstalter immer lauter werdend wieder an, „sehen Sie, beinahe hätte ich Sie überredet, uns wenigstens Auszüge aus Ihrem Vortrag zu präsentieren. Aber jetzt sieht das natürlich ganz anders aus. Herr Professor Bleibtreu, wie kann die Firma das nur wieder gutmachen? Da machen Sie es möglich, drei Tage in Ihrer Klinik zu fehlen, nehmen die lange Anreise in Kauf, bereiten sich vor, und nun das!" Der Veranstalter schüttelte den Kopf. „Nein, da müssen wir unbedingt eine Lösung finden, damit der ganze Aufwand für Sie nicht völlig umsonst war."

„Nein, nein, ich bitte Sie", warf Johann Bleibtreu ein. „Das ist doch keine Ursache. Schließlich kann ja keiner etwas dafür. Höhere Gewalt. So etwas kann doch mal vorkommen." Er atmete schnell. „Außerdem hat sich der Aufenthalt für mich trotzdem gelohnt", fügte er hastig hinzu, „die Zugspitze und so. Ich bin noch nie hier gewesen."

„Papperlapapp!" Der Veranstalter winkte ungeduldig ab. „Ich stehe tief in Ihrer Schuld, das ist ganz klar! Ihre Zeit ist kostbar. Sagen Sie, wollen Sie uns nicht doch eine kleine Kostprobe Ihres Vortrages geben? Ich wäre doch zu neugierig! Ich bin sicher, auch die Anwesenden hier im Saal ..."

In diesem Augenblick trat die Uniformierte vom Empfang an den Tisch und berichtete, die vermissten Tagungsteilnehmer seien endlich eingetroffen. Der Veranstalter wischte mit seiner Serviette über die Lippen und sprang auf, um der Uniformierten an die Rezeption zu folgen.

Johann Bleibtreu sah auf die Uhr.

Es war halb zehn.

Der Kellner servierte den Nachtisch.

Die Mondschein-Sonate

Johann Bleibtreu verließ den Speisesaal.

Die beiden Herren an seinem Tisch unterhielten sich über die gelungene Rettung der Kollegen und Kolleginnen und schienen sein Fortgehen nicht wahrgenommen zu haben. Johann Bleibtreu war froh dafür, denn er hätte ohnehin nichts anderes zu den Ereignissen des Abends zu sagen vermocht, als dass es ein großes Glück sei, die Kollegen endlich in Sicherheit zu wissen. Keine Ruhe aber ließ ihm die Vorstellung, der Veranstalter könnte mit den endlich geretteten Tagungsgästen im Speisesaal erscheinen und ihn nötigen seinen Vortrag jetzt, da alle anwesend waren, doch noch zu halten.

Im Foyer war niemand zu sehen.

Johann Bleibtreu erwog noch einmal, kurz ins Freie zu gehen, um Kopf und Geist von den Nebeln der Weinseligkeit zu klären. Das Unwetter hatte sich gelegt und die Nacht war vollkommen klar. Über den Wipfeln der alten großen Tannen hatte der Himmel seine funkelnde Sterndecke gebreitet und wieder schien sich ein traumhaft schöner Tag anzukündigen. Wie trügerisch, dachte Johann Bleibtreu und wandte sich von dem großen Fenster ab, vor dem in geheimnisvoller Schwärze der Eibsee glitzerte. Smaragdgrün würde er morgen früh im strahlenden Sonnenschein leuchten, undurchdringlich, wie ein schwarzer Spiegel reflektierte er heute Nacht das ewige Licht der kosmischen Weiten.

Auch an der Bar war niemand zu sehen.

Da fiel Johann Bleibtreus Blick auf ein Klavier, das in einer Ecke der Bar hinter einer großen Palme stand und das ihm zuvor nicht aufgefallen war. Ein schwarzes, glänzendes Klavier, unauffällig und leise. Es schien zu warten. Zögernd sah Johann Bleibtreu sich um.

Es war noch immer niemand zu sehen.

Ein Klavier. Er verspürte Lust zu spielen, als ihm plötzlich war, als hörte er etwas, als flüsterte das Klavier: *Komm nur her und schau mich an.* Die Stimme klang vertraut, doch er zögerte noch immer.

Wieder sah er sich um.

Noch immer war er allein.

Er machte ein paar vorsichtige Schritte auf das Klavier zu, als er wieder dessen Flüstern vernahm: *Komm nur her, Fremder und berühre mich.* Der Anziehung des ungewöhnlich schönen Instruments nicht länger widerstehend, näherte sich ihm Johann Bleibtreu mit gedämpften Schritten. Bedächtig fuhr er mit seiner Hand über das glatte Holz. Er spürte die sanfte Rundung der geschwungenen Kanten und roch den vertrauten Duft. Seine Finger glitten entlang des Deckels und hoben ihn vorsichtig an. *Spiel nur, Fremder,* flüsterte das Klavier, *öffne nur getrost den Deckel und spiele.*

Johann Bleibtreu nahm auf dem Hocker Platz und drückte sachte ein paar Tasten. Das Klavier schien die Berührung seiner geschmeidigen Finger mit vollen, warmen Klängen zu danken, so dass er weitere Töne hinzunahm, höhere, tiefere, einen ersten vollen Akkord, eine leichte Melodie mit der Rechten, eine zweite Stimme mit der Linken, ja, seine Finger kannten ihren Weg über die elfenbeinfarbenen Tasten, die freudig auf- und abhüpften und die geübte Berührung genießend, vollkommene Klänge in den Raum ergossen.

Johann Bleibtreu war ein Könner. Jahrelange, unermüdliche Übung hatte ihn zu einem wahren Virtuosen gemacht, dessen Spiel zwar niemals andere als seine eigenen Räume erfüllt hatte, doch hatte er dabei eine Fertigkeit erlangt, deren Einzigartigkeit er sich bewusst war. Dabei spielte er nur für Margarete. Ihr sollte es gefallen. Allein sie wollte er bezaubern mit seiner Musik. Nur Margarete sollte sie hören. Nur für sie war bestimmt, was er den geduldigen Tasten in stundenlangem Üben abverlangte. Und Margarete war eine ruhige und geduldige Zuhörerin. Sie machte ihm Mut und tröstete ihn, wenn etwas nicht so gelang, wie er es sich wünschte. Sie war auch unzufrieden, wenn er nicht gut genug war. Wie gerne hätte er auch nur ein einziges Mal in ihren Augen gelesen, ob es ihm gelang, ihren Blick zu verklären. Doch Margarete wandte sich niemals um. Und so war es nur ihre Stimme, die er hörte, der Klang ihrer süßen Worte, der ihm blieb. Im Geiste fragte er sie, was er ihr spielen solle. Er erfüllte ihr jeden Wunsch. Und sofern dies einmal nicht möglich war, besorgte er sich schon am nächsten Tag die Noten dazu und übte, bis er ihr das gewünschte Stück vorspielen konnte. Es musste vollkommen sein. Er strengte sich an, mühte sich, gab sein Letztes, bis ihm die Augen schmerzten vom stundenlangen Blick auf die kleinen Noten und die Finger steif zu werden drohten. Erst dann gab er sich zufrieden, wenn er Margaretes gütige und sanfte Stimme hören konnte, die ihm gestattete nun abzubrechen, ihm riet zu Bett zu gehen. Dann erhob er sich still, legte die Noten beiseite und ging schlafen. Dann strich er ihr in Gedanken noch einmal übers Haar und wünschte ihr eine gute Nacht. Ja, sie war immer bei ihm, und noch niemals, seitdem Margarete in seinem Leben ihren Platz eingenommen hatte, war er von ihr getrennt gewesen. Nur auf diese Reise hatte er sie nicht mitnehmen können. Margarete! Sie fehlte ihm. Jetzt und hier. Und während seine Finger in völliger Harmonie mit den Tasten die Mondschein-Sonate dahinfließen ließen, suchte er in sich das geliebte Bild Margaretes, das wohl vertraute, das daheim gebliebene, das einzig wahre.

Vertieft in die letzten Takte des Stücks spürte Johann Bleibtreu auf einmal, dass jemand hinter ihm stand. Ruhig wartete er ab, bis auch die letzten Töne in seinem Inneren verklungen waren, ließ die geschmeidigen Finger noch einen Moment auf den Tasten ruhen und wandte sich langsam um. Hinter ihm stand Seebach mit einem Glas in der Hand und lächelte versonnen.

„Verehrter Herr Professor", flüsterte er leise, „ich wusste ja gar nicht, welch ungeahnte Talente in Ihnen stecken."

Johann Bleibtreu rührte sich nicht.

„Für Sie!" Seebach stellte das Glas auf dem Klavier ab. „Spielen Sie weiter, Professor. Ich bin sicher, die anderen werden es ebenso genießen, wie ich! Das ist genau das, was wir alle heute Abend dringend brauchen."

Johann Bleibtreu schaute sich langsam um.

Er wagte seinen Augen nicht zu trauen.

Leuchtende Gesichter blickten ihm erwartungsvoll entgegen, bekannte und unbekannte, besinnliche und lächelnde, jedoch alle wohlwollend und im Stillen Seebach zustimmend, der noch immer hinter ihm stand.

Johann Bleibtreus Finger krallten sich ineinander. Seine Augen suchten einen festen Punkt jenseits der vielen Gesichter. Unfähig, etwas zu sagen verharrte er auf dem Hocker vor den Tasten. Vor wenigen Augenblicken noch hatte er sich den Sternen so nah gefühlt. Jetzt sank der innere Kosmos, den er sich erschlossen hatte, allmählich in sich zusammen. Margaretes Bild verblasste und zurück blieben nur die Menschen hinter ihm und die beängstigende Unsicherheit dieses Moments, die ihn zu erdrücken drohte.

„Lieber Professor!" Die wohlbekannte, laute Stimme des Veranstalters drang durch die fast heilige Stille. „Da dürfen Sie uns jetzt aber nicht enttäuschen! Wenn es schon keinen Vortrag gibt heute Abend, dann dürfen Sie uns Ihr Spielen jetzt nicht vorenthalten. Die Kostprobe war jedenfalls großartig!"

Seebach warf dem Veranstalter einen vernichtenden Blick zu und legte Johann Bleibtreu die Hand auf die Schulter. „Ja, Sie waren wirklich großartig, Professor", flüsterte er. „Bitte fühlen Sie sich durch uns nicht gestört, wenngleich dies wohl bedauerlicherweise schon geschehen ist." Wieder schaute Seebach beschwörend in die Richtung, aus der die Stimme des Veranstalters gekommen war. „Sie können uns allen mit Ihrer Musik noch einen schönen Ausklang des so unglückseligen Abends bescheren."

Johann Bleibtreu glaubte zu spüren, wie ihm der Boden unter den Füßen schwand. Er hatte das Gefühl zu fallen.

Aus der Mitte seines Körpers gab es einen starken Sog nach innen, der ihm die Luft abschnürte. Noch niemals,

niemals, hatte er je für jemand anders gespielt, als für Margarete, und auch für sie nur im Geiste. Menschliche Ohren hatten seiner Musik noch nie gelauscht. Nein, die Zuhörer selbst waren es nicht, die ihn störten. Es war etwas anderes. Wenn er spielte, floss etwas aus ihm heraus, wie ein unaufhaltsamer Strom, der sich mit großer Kraft seinen Weg durch die verschiedenen Welten suchte. Wenn er spielte, durfte das nach außen dringen, was sonst so wohl gehütet und abgeschlossen im Tempel des Unbewussten schlummerte. Nun, jetzt, in diesem Augenblick, fühlte er sich völlig entblößt, nackt und schutzlos. Ihm war, als sähen sie alle tief in ihn hinein, als hätten sie eine Pforte geöffnet, durch die bisher kein menschliches Wesen gegangen war, als hätten alle diese Menschen hinter ihm soeben Margarete kennen gelernt. Und er fragte sich, was sie gesehen haben mochten, all diese leuchtenden Augenpaare hinter ihm. Er fühlte eine gewaltige Welle freudvoller, stiller Erwartungen auf sich zuströmen, immer näher und näher kommen. Schon schien die Woge seinen Rücken zu erfassen.

Sie wollten, dass er spielte.

Alle wollten sie es.

Da fiel sein Blick noch einmal auf das gutmütige Gesicht Seebachs, dessen Augen etwas wohltuend Beruhigendes ausstrahlten, und der ihm nun kaum merklich zunickte. Er spürte, wie ihn die überwältigende Woge der Erwartungen erfasste und in ihrer Unentrinnbarkeit mit sich fortriss. Haltlos verlor er sich in einem schwarzen Strudel des Sollens, aus dessen Dunkel leuchtende Augenpaare, Irrlichtern gleich, aufflackerten und ihn umtanzten in einem Reigen ausgelassenen Vergnügens. Mit einem verzweifelten inneren

Aufschrei griff er in die Tasten. *Margarete ... wo bist du, Geliebte?* Und ein zarter Hauch hallte aus dem Kosmos seiner aufgewühlten Seele wider: *Hier Liebster, hier bin ich! Und nun spiele, ... spiele getrost!*

Die Finger seiner Rechten fanden ihren Weg. Langsam, ganz langsam und leise reihte sich ein Ton an den anderen, während die Linke hinzukam, ebenso leise und doch bald schon mit fester Entschlossenheit. Da öffneten die wohlbekannten und vertrauten Klänge wieder jene Pforte, durch die er einzutreten vermochte in die Unendlichkeit des Seins, nahmen ihn mit dorthin, wo Margarete wartete.

Er wandte sich jetzt nicht mehr um auf seinem Weg und hinter ihm blieb etwas zurück.

Er fühlte sich gläsern und transparent, jedoch zugleich luftig und leicht. Auf den Schwingen der Musen dahin getragen erschaute er aus großen Höhen die andächtig Lauschenden dort unten, und es war ihm gleichgültig, was sie sehen mochten oder auch nicht. Er sah. Er sah, was er noch nie zuvor gesehen hatte, auf einem Weg, der ihm doch so bekannt gewesen war. Gebettet auf Wolken der Bewunderung, schwebte er durch die kühlen Weiten der Ewigkeit. Er fühlte sich eingebunden und frei zugleich, eins mit den Klängen, eins mit den Zuhörern und doch allein hier oben auf dem so schwer erreichbaren Gipfel des Erkennens. Einzig Seebach am Klavier stehend schien durch ihn hindurch zu sehen. Er mochte jene Pforte auch durchschritten haben und nun seine eigene Reise antreten in die ewig währende Großartigkeit des Kosmos.

Die letzten Töne verklangen im Raum und der Mondschein nahm sie mit dorthin, woher sie gekommen waren.

Johann Bleibtreu löste seine Finger von den Tasten und sah auf. Seebachs Blick schien aus der Ferne langsam wieder das Hier und Jetzt zu suchen, und vorsichtig setzte er sein Glas an die Lippen, als sollte ihm der Wein den Rückweg weisen. Dann, nachdem Seebach einen kräftigen Schluck genommen hatte, flüsterte er tief bewegt: „Sie haben uns verzaubert, Professor. Verzaubert und entführt."

Johann Bleibtreu lächelte still und zum ersten Mal an diesem Abend. „Es ist unser Lieblingsstück", sagte er leise.

„Unser?", fragte Seebach überrascht.

„Unser", bestätigte Johann Bleibtreu immer noch lächelnd, nun in der Gewissheit, dass Seebach einen anderen Weg genommen und Margarete nicht kennen gelernt hatte.

Alle klatschten.

Der Veranstalter erhob sich und trat zu Seebach und ihm ans Klavier. Mit unerwartet gedämpfter Stimme raunte er: „Phantastisch, Professor! Wirklich ganz phantastisch! Was uns entgangen wäre ...! Im Namen aller Gäste spreche ich Ihnen, verehrter Herr Professor, unseren Dank aus, dafür, dass Sie uns mit ihrer zauberhaften Musik den Abend gerettet haben." Er klopfte Johann Bleibtreu auf die Schulter. „Haben Sie nicht noch eines auf Lager?"

Der Veranstalter zeigte mit der Hand auf all die Gäste, die sich in den Sesseln und an der Bar versammelt hatten und alle baten Johann Bleibtreu er möge doch noch weiterspielen, es sei so wunderbar gewesen.

„Was meinen Sie, Professor?", drängte der Veranstalter weiter. „Sie können doch jetzt nicht aufhören, wo wir gerade erst ein Stück gehört haben." Und sich zu ihm herabbeugend, flüsterte er: „Das mit dem Honorar, das verrechnen wir einfach, tun so, *als ob* ... Sie wissen schon! Ist dann quasi Ihre Gage für die Mondscheinsonate!"

Seebach, der noch immer neben dem Klavier stand, wandte sich mit verständnislosem Kopfschütteln ab und suchte sich einen Sitzplatz bei den anderen Gästen.

„Ich würde gerne etwas trinken", erwiderte Johann Bleibtreu und griff nach dem Glas, das noch immer auf dem Klavier stand.

„Aber selbstverständlich!", rief der Veranstalter, nun wieder mit gewohnt dröhnender Stimme. „Nur zu! Noch ein Glas Wein für den Professor!"

Johann Bleibtreu winkte ab.

Als wolle er sicherstellen, dass Johann Bleibtreu auch wirklich sein Spielen wieder aufnehme, blieb der Veranstalter am Klavier stehen. Johann Bleibtreu leerte das Glas mit einem Zug. Noch einmal schaute er ungläubig in seine Zuhörerschaft. Wie sie da saßen, sich leise unterhielten oder ihn einfach nur ruhig ansahen, ebenfalls mit einem Glas in der Hand. Es schien ihm, als könnte er durch sie hindurch sehen. Sie waren da und doch unendlich weit weg. Die drängende Flut ihrer erwartungsvollen Blicke war abgeebbt und kleine Wellen verträumter Wünsche spülten nunmehr um ihn herum, Wünsche, die er erfüllen konnte.

Ohne weiteres Zögern griff er wieder in die Tasten.

Er schwang sich hinauf in die Höhe, die er jetzt als wohltuend und erhebend empfand. Von dort aus sah er, wie er nicht nur den Raum mit Klängen erfüllte, sondern auch die Herzen seiner Zuhörer, deren Schwingung sich ebenfalls langsam hob, bis alle in einem einzigen grandiosen Akkord miteinander verschmolzen. Er hängte weitere Stücke aus seinem reichen Repertoire an, manche munter und fließend, andere eher rhythmisch und ausdrucksvoll, doch was er auch spielte, Margarete traf er nicht. Wenngleich ein Teil von ihm noch immer verbunden war mit Höherem, so blieb er jetzt doch in diesem Raum bei seinen Zuhörern.

Als das letzte Stück in freundlichem Dur verklungen war und Johann Bleibtreu sich erhob, stürmte ein spontaner und ehrlicher Applaus auf ihn ein, ein Welle der aufrichtigen Begeisterung, der er jedoch mit bescheidenem Lächeln standhielt. Mit einer leichten, verlegenen Verbeugung verneigte er sich und strich ein letztes Mal wie beiläufig über die Tasten des Klaviers, dem er sich dankbar verbunden fühlte. Er griff sein Glas und nahm den freien Platz, den man ihm anbot. Sogleich umlagert und in ein lebhaftes Gespräch verwickelt, sah sich Johann Bleibtreu unversehens im Mittelpunkt des Interesses. Bereitwillig beantwortete er viele Fragen und wunderte sich, was man alles von ihm wissen wollte. Die bewundernden Blicke und Bemerkungen, sowie die lautstarke Anerkennung des Veranstalters nahm Johann Bleibtreu mit ungekannter Freude entgegen.

Es war nach Mitternacht, als er müde und doch beschwingt sein Zimmer betrat. Er ging ans Fenster und blickte hinaus auf den stillen See. Dahinter reckte sich die schwarze Felswand in den Himmel, der übersät mit Tausenden von Sternen einen atemberaubenden Anblick bot. Ja, er war dort oben gewesen. Doch dies war nicht der einzige Gipfel, den er heute erklommen hatte. Oder war es ein Tal gewesen, das er durchschritten hatte? Es war gleichgültig, denn ein *ganz oben* hat naturgemäß auch ein *ganz unten.* Wo Berge sind, sind immer Täler. Er fühlte sich anders. Verändert. Neu. Durchflutet von einer Vielzahl unbekannter Regungen und Gedanken, die er sich noch außerstande sah zu ordnen, nahm er das Neue erstaunt zur Kenntnis.

Es war da.

Er verschloss es nicht. Er ließ es sein, ahnend, dass es sich ohnehin nicht mehr in dieser Weise würde verschließen lassen, wie er es bisher getan hatte.

Die Wipfel der majestätischen Tannen schienen die Himmelslichter zu berühren. Es versprach einmal wieder, ein wundervoller, klarer Tag zu werden. Johann Bleibtreu kleidete sich rasch aus und legte sich in seiner Unterwäsche ins warme Bett. Er löschte das Licht und sofort umschlang ihn ein wohltuend tiefer und traumloser Schlaf.

3. Tag

Rückweg

Johann Bleibtreu ließ sich noch eine Tasse Kaffee nachschenken. Er hatte einen kleinen Tisch für sich allein am großen Panorama-Fenster des Restaurants und schaute hinaus auf den See. Wie erwartet schien die Sonne, und der Himmel wölbte sich tiefblau über die majestätischen Bergwipfel. Das Wetter hätte gar nicht besser sein können, und fast bedauerte Johann Bleibtreu, dass er sich gleich nach dem Frühstück auf den Rückweg machen musste. Doch die Tagung war zu Ende. Die meisten Teilnehmer reisten heute Vormittag schon ab, keiner wollte länger bleiben, und sein Vortrag fiel nun endgültig aus. Der Veranstalter hatte sich vielmals entschuldigt und ihm mehrfach zugesichert, dass Spesen und Honorar auf jeden Fall in Bälde überwiesen würden. Seebach hatte sich schon vor dem Frühstück herzlichst von ihm verabschiedet und ihm seine Visitenkarte zugesteckt, verbunden mit der Bitte, sich doch einmal zu melden, was er Seebach auch versprochen hatte.

Johann Bleibtreu stand auf und holte sich ein Glas Orangensaft und einen Apfel und wollte eben an seinen Tisch zurückgehen, als ihm jemand auf die Schulter tippte.

„Guten Morgen, Professor!"

Er drehte sich um.

„Ich habe es mir doch fast gedacht, dass wir uns noch einmal sehen würden!"

Die Frau mit dem großen Mund, der schon heute Morgen ein tiefes Kirschrot hatte, stand hinter ihm und lächelte. „Sie haben doch sicherlich nichts dagegen, wenn ich mich zu Ihnen setze, es gibt nämlich sonst keine freien Plätze mehr."

Johann Bleibtreu stand nicht der Sinn nach Konversation, aber an seinem Tisch schien wirklich der einzige, freie Platz zu sein.

„Nein, ... natürlich nicht", murmelte er und gemeinsam gingen sie an seinen Tisch zurück. Die Frau mit dem kirschroten Mund nahm ihm gegenüber Platz. Johann Bleibtreu winkte der Bedienung, sie möge sein benutztes Gedeck abräumen. Der Tisch war sehr klein. Er schob die Füße unter seinen Stuhl und setzte sich aufrecht. Sie ließ sich Kaffee bringen und nahm einen ersten Schluck. Über den Rand ihrer Kaffeetasse schaute sie ihn an. Johann Bleibtreu wollte nicht unhöflich sein und versuchte dem Blick standzuhalten. Doch ebenso wie ihr großer Mund, hatten ihre Augen etwas Verschlingendes, etwas, wovon man nicht wusste, was es bringen würde. So ließ er seinen Blick statt dessen wieder aus dem Fenster über den stillen, smaragdgrünen See gleiten, der im Sonnenlicht glitzerte.

„Haben Sie gut geschlafen, Professor?"

Sie hatte ihre Kaffeetasse abgesetzt und lächelte ihn mit einem Anflug von Spott in den Mundwinkeln an. Oder war es Neugier, die er zu sehen glaubte? Er versuchte in ihren dunklen Augen irgendetwas zu erkennen, zu lesen, wich ihrem Blick jedoch gleich wieder aus, um sich dessen unergründlichem Sog zu entziehen.

„Danke", erwiderte er und spielte mit seiner Serviette, „ich habe sehr gut geschlafen."

„Ich nicht", entgegnete sie, und die Art, wie sie es sagte, machte die Rückfrage nach der Ursache unumgänglich.

„Warum?" Johann Bleibtreu spürte, wie ihn irgendetwas warnte, sich etwas um ihn herum immer enger zusammenzog. „Warum haben Sie nicht gut geschlafen?"

Um ihre Kirschenlippen spielte ein seltsames Lächeln. „Ich habe wohl mal wieder ... zu viel gegrübelt."

So, wie sie das sagt, dachte er, kommt man nicht darum herum zu fragen, *worüber* sie gegrübelt habe. Eine innere Stimme riet ihm erneut nicht nachzufragen, und doch konnte er nicht umhin, ihre merkwürdige Äußerung aufzugreifen, und sei es nur aus Höflichkeit, sagte er sich. „Ja, solche Nächte gibt es gelegentlich." Er versuchte möglichst unbeteiligt zu wirken. „Besonders bei Vollmond hört man öfters, dass Menschen schlecht schlafen", fügte er hinzu.

Sie schüttelte den Kopf. „Es war kein Vollmond."

„Ach nein?" Johann Bleibtreu räusperte sich. „Wenn das so ist", entgegnete er, „dann ... dann muss es wohl einen anderen Grund gehabt haben."

„Professor", flüsterte sie und schaute nun auch aus dem Fenster. „Wenn man nicht schlafen kann, weil man sich vor der Dunkelheit fürchtet, vor Schatten und vor Träumen, die immer wiederkommen", sie seufzte, „was würden Sie so einem Menschen raten?"

Johann Bleibtreu sah sie an.

Sie hatte ein ebenmäßiges Profil, volle, rote Lippen, hohe Wangenknochen und dunkles, lockiges Haar. Zum ersten Mal gestand er sich ein, dass es schön war, das Gesicht ihm gegenüber. Eine leichte Melancholie lag auf ihren Zügen, und das war es auch, was vorhin um ihren Mund gespielt hatte. Nicht Spott war es gewesen und auch nicht Neugier. Beinahe hilflos erschien sie ihm in diesem Augenblick, wie sie so versonnen aus dem Fenster sah, als dächte sie über irgendetwas nach, das weit entfernt lag, räumlich oder zeitlich, jedenfalls nicht greifbar und nur in ihrer Erinnerung.

„Leiden Sie oft an dieser ... dieser Art von Schlaflosigkeit?"

Wie von unendlich weit her kehrte ihr Blick zu ihm zurück, und fast dankbar für diese Frage nickte sie bestätigend, während ihre Augen die seinen suchten.

„Jede Nacht", flüsterte sie, „es kommt jede Nacht."

„Was kommt jede Nacht?", hakte er vorsichtig nach.

„*Es*", hauchte sie.

„Was ist *es*?"

Ihre dunklen Augen hielten die seinen fest, ließen kein Abschweifen mehr zu. Sie begannen zu schimmern und das Licht über dem Tisch reflektierte sich in den aufsteigenden Tränen. Schon bereute Johann Bleibtreu seine Frage, wollte aufstehen, hinausgehen. Nur weg, rief es in ihm, jetzt oder nie!

„Man kann *es* nicht beschreiben", flüsterte sie, „nur spüren."

Sie griff ohne hinzusehen nach ihrer Kaffeetasse und führt sie zum Mund. Der Kaffee musste längst kalt sein. Es schien sie nicht zu stören. Wieder sah sie ihn über den Rand ihrer Kaffeetasse hinweg an und schwieg. Er zwang sich nicht zu fragen, was *es* war, das man nur spüren und nicht beschreiben kann. Statt dessen, noch immer im Banne ihres unergründlichen Blickes, rief er die einzige Instanz zur Hilfe, deren Unterstützung er sich in diesem Moment sicher sein konnte - den Arzt in ihm.

„Haben Sie Erfahrung mit Schlaftabletten?"

Langsam stellte sie ihre Kaffeetasse zurück. Um ihre Mundwinkel zuckte es eigenartig. Die Tränen, die noch soeben in ihren großen Augen schwammen, bereit, sich die Wangen hinabzustürzen, versiegten augenblicklich, und ihr Blick gewann etwas davon zurück, was er bei ihrer ersten Begegnung auf der Zugspitze gehabt hatte. Mit einem kurzen, heftigen Lachen und mit gespielter Empörung schalt sie: „Professor, jetzt hören Sie mir zwar wenigstens zu, aber Sie nehmen mich überhaupt nicht ernst!"

„Ich bitte Sie, wie meinen Sie das?" Johann Bleibtreu, ob ihres plötzlichen Stimmungswandels bestürzt, schaute sich verlegen um. „Es ist mein Beruf, Menschen ernst zu nehmen", fügte er schnell hinzu und mit Nachdruck sagte er: „Ich bin Arzt."

Sie seufzte tief, und sich auf ihre Ellenbogen stützend, lehnte sie sich so weit über den Tisch, als wollte sie ihm etwas sagen, das nur er hören sollte: „Aber Sie sind doch auch *Mann*!"

Ungläubig starrte Johann Bleibtreu sie an. Ungläubig und starr, als hätte er gerade etwas gänzlich Absurdes vernommen. Und dann überkam ihn Scham. Die Scham eines Kindes, soeben ertappt und in höchster Bedrängnis seine Verschulden zugeben zu müssen. In fast reuevoller Demut stieß er ein kaum vernehmbares *Ja* hervor, ein *Ja,* das er mehr sich selbst eingestand, als dass es eine Antwort auf ihre Frage war.

„Na also," lachte sie, „wusste ich´s doch!" In ihren Augen blitzte es. „Ich glaube, Professor, als Mann gefallen Sie mir wesentlich besser, denn als Arzt." Sie ließ sich zurückfallen und schüttelte ihre dunklen Locken.

Johann Bleibtreu fühlte sich elend und beklommen.

Er wusste nicht weshalb und fragte sich, was eigentlich

geschehen war. Die Erinnerung an die wenigen unumgänglichen Besuche des Beichtstuhls anlässlich seiner Erstkommunion vor über vierzig Jahren kamen ihm in den Sinn. Es waren die gleichen Gefühle damals nach der Beichte wie jetzt, in diesem Augenblick, nach diesem merkwürdigen Bekenntnis. Nur, wo war seine Schuld dabei? Und was sollte er bereuen?

„Dieses *Ja* scheint Ihnen richtig schwer gefallen sein", fuhr sie mit neckischer Verwunderung fort. „Was ist daran so schlimm ein Mann zu sein?"

Johann Bleibtreu spürte, wie er rot wurde.

„Nichts", gab er zu, „natürlich ... nichts."

„Manchmal hat man den Eindruck, sie hätten es vergessen."

„Was vergessen?"

„Nun ja, vielleicht sind Sie zuviel Arzt und zuwenig Mann. Aber lassen wir das, Professor. Auch das kann man nicht mit Worten beschreiben, nur spüren."

„Ich verstehe nicht recht."

„Das macht nichts." Sie lehnte sich wieder vor und drückte die Krümel ihres Frühstücksbrötchens mit dem Zeigefinger platt. Mit einem Blick, als beruhige sie ein kleines Kind, das die Welt nicht mehr versteht, sah sie zu ihm auf und sagte mit fast mütterlicher Fürsorge in der Stimme: „Man muss nicht immer alles sofort verstehen. Aber man kann fast alles lernen ... wenn man will!"

Johann Bleibtreu schwieg.

Noch immer verwirrt sah er auf die Uhr.

„Es ist Zeit für mich, auf's Zimmer zu gehen", stellte er erleichtert fest. „Ich muss noch schnell meine Sachen zusammenpacken." Er faltete seine Serviette und legte sie vor sich auf den Tisch. „Mein Zug fährt schon bald."

Er erhob sich und wollte sich verabschieden, als sie schon um den Tisch herum kam und sich bei ihm einhakte. Gemeinsam verließen sie den Frühstücksraum, als ihnen im Foyer noch einmal der Veranstalter entgegen kam, der sein Gepäck zu einem Taxi brachte.

„Adieu Herr Professor, und ... guten Morgen, gnädige Frau!"

Mit gewohnt ausschweifender Geste und größter Verwunderung im Gesicht machte er eine Verbeugung vor Johann Bleibtreu und seiner Begleiterin, die mit einem dezenten Kopfnicken die überschwängliche Begrüßung des Veranstalters zur Kenntnis nahm. Ohne von Johann Bleibtreus Seite zu weichen, grüßte sie höflich zurück.

„Haben Sie schon gehört, Verehrtester, dass das Unwetter gestern Nachmittag auch hier unten große Schäden angerichtet hat?", erklärte der Veranstalter. „Offenbar ist die Zugstrecke nach Garmisch gar nicht befahrbar. Alle Züge heute fallen aus, bis die Gleise geräumt sind. Habe mir eine Taxe bestellt, nur zu Ihrer Information."

Mit diesen Worten und einem Handkuss für *Madame* ließ er den entsetzten Johann Bleibtreu im Foyer zurück und hastete zu seinem wartenden Taxi.

„Im Moment ist es in der Tat sehr schwierig, auf die Schnelle ein Taxi zu bekommen", erklärte die Uniformierte an der Rezeption. „Normalerweise fährt die Zugspitzbahn bis Garmisch durch, aber heute .... heute geht gar nichts, verstehen Sie? Alle brauchen jetzt Taxen ... Wann, sagten Sie, fährt Ihr Zug in Garmisch ab?" Sie blätterte im Nahverkehrsplan und schüttelte den Kopf. „Das wird nicht ganz einfach, Herr Professor. Vielleicht finde ich jemanden vom Hause, der Sie nach Garmisch bringen kann, damit Sie den Zug nach München noch erreichen. Andernfalls müssten Sie einen späteren Zug nach München nehmen. Es fährt noch einer heute Nachmittag." Und mit dem gewohnten Schulterzucken fügte sie hinzu: „Selbstverständlich steht Ihnen unser Restaurant jederzeit zur Verfügung, nur die Bar ist vormittags noch nicht geöffnet."

„Ich kann keinen späteren Zug nehmen", erklärte Johann Bleibtreu, „ich muss in München noch einen Anschlusszug bekommen. Könnten Sie nicht doch versuchen, ein ..."

„Kommen Sie!" Die junge Frau an seinem Arm zog ihn zur Seite. „Ich mache Ihnen einen Vorschlag." Ihre dunklen Augen leuchteten und er fragte sich, was nun wohl kommen würde.

„Ich nehme Sie mit nach Garmisch. Ich bin mit dem Wagen hier und wollte sowieso heute Vormittag abreisen. Einverstanden?"

Johann Bleibtreu zögerte. Er sah zur Empfangsdame hinüber, die die Post sortierte.

„Also ... wenn Ihnen das nichts ausmacht, ich meine, wirklich kein Umweg ist für Sie ...."

„Nicht im Geringsten", beteuerte seine Begleiterin fröhlich, „es wäre mir ein Vergnügen, Professor, Sie an den Bahnhof zu bringen, wirklich! Ich werde winken, wenn Ihr Zug abfährt."

„Na gut, ich habe wohl auch wenig Alternativen, wie es aussieht." Zu seiner Überraschung stellte er fest, dass ihm diese eine gar nicht so unangenehm war.

„Charmant wie immer, der Herr Professor!", beklagte sich die junge Frau mit heiterem Spott. „Also, in einer halben Stunde wieder hier unten. Reicht Ihnen die Zeit zum Packen?"
„Ja, es reicht. Also dann ... bis in einer halben Stunde."

Johann Bleibtreu stieg in den Wagen und zog die Tür hinter sich zu. Sie ließ den Motor an.

Ein letztes Mal schaute er auf den Eibsee, der still zwischen den hohen Tannen gebettet lag, manchmal glitzernd, das helle Sonnenlicht spiegelnd, ein andermal schwarz und unergründlich, das Funkeln der Sterne am klaren Nachthimmel einfangend. Im See ist alles. Alles kann sich darin spiegeln, ob Berge oder Tannenwipfel, ob Sterne oder Sonnenstrahlen. Doch nicht immer ist der See ruhig und glatt. Nichts kann er widerspiegeln, wenn er aufgewühlt ist. Wenn ein Unwetter seine empfindliche Oberfläche aufpeitscht. Wenn der Wind das Wasser an die Ufer treibt. Dann verliert er seine Tiefe, seine Großartigkeit, dachte Johann Bleibtreu, dann ist er ein Spielball der Naturgewalten.
„Stört es Sie, wenn ich das Verdeck offen lasse?"
„Sie haben einen schönen Wagen", sagte er.
„Ich liebe es, wenn mir der Wind um die Nase weht. Riechen Sie, wie würzig die Luft riecht?" Sie atmete tief ein. „Herrlich!", rief sie, „nicht wahr, Professor!"
„Es ist noch recht frisch heute Morgen", stellte er fest. „Fahren Sie immer offen? Ich meine, selbst, wenn es noch so frisch ist?"
„Ja, immer. Das muss man spüren! Die Luft, die Freiheit ... das kann man nicht beschreiben. Sie müssen es *erleben*.

Nur, was Sie erlebt haben, kennen Sie. Sie sind wohl noch niemals in einem Cabrio gefahren?"

Johann Bleibtreu veneinte.

„Genießen Sie es, mein Lieber, wer weiß, wann Sie wieder in den Genuss kommen, sich den Wind der großen, weiten Welt um die Nase wehen zu lassen." Sie kicherte. „Nun ja, die große, weite Welt ist das hier nicht gerade, was meinen Sie?"

Er schüttelte den Kopf. „Nein, das kann man wohl nicht sagen. Aber, wozu brauche ich die große, weite Welt?"

„Damit Sie ein Mann von Welt werden."

„Wozu sollte das gut sein?" Das Gespräch begann ihn zu amüsieren.

„Als Arzt kennen Sie wohl die inneren Welten des Menschen", fuhr sie fort, „nun wäre es an der Zeit, auch die äußeren Welten kennenzulernen."

„Wie zum Beispiel den Eibsee, meinen Sie?"

„Nicht nur den Eibsee", lachte sie, „zum Beispiel auch die Zugspitze!"

„Auf diese Erfahrung hätte ich gerne verzichtet", gestand er.

„Dann säßen Sie jetzt nicht in meinem Wagen auf dem Weg zum Bahnhof!"

Johann Bleibtreu schwieg.

„Sie haben recht", sagte er nach einer Weile. „Kennen Sie das Gesetz der Wechselwirkung?"

„Helfen Sie mir auf die Sprünge, Professor!"

„Das Gesetz der Wechselwirkung, das Gesetz von Actio und Reactio, wie man sagt, bedeutet, dass nichts, was man tut, ohne Gegenwirkung bleibt. Alles *bewirkt* etwas."

Er hielt inne und dachte einen Moment nach.

„Und das Erstaunlichste daran ist, dass man sogar etwas bewirkt, wenn man überhaupt nichts *tut.* Auch das Nichts-Tun führt zu irgendeiner Konsequenz. Haben Sie das gewusst?"

„Meine Güte, Professor, Sie sind ja richtig philosophisch!"

Sie drückte den Blinker und bog rechts ab.

„Aber um auf Ihre Frage zurückzukommen, nein, das habe ich nicht *gewusst.* Aber ich bin ein Mensch der Tat, ich handle und erlebe es ständig, ich meine Ihr Gesetz der Wechselwirkung. Ich war mir dieses *Gesetzes* nicht bewusst, wohl aber meines Handelns und dessen Konsequenzen."

„Immer?"

„Meistens! ... Sie nicht?"

„Ich weiß es nicht", räumte er ein.

„Sie haben sich aufs Nicht-Handeln verlegt, stimmt´s ?"

„Wie kommen Sie darauf?", wunderte sich Johann Bleibtreu. „Aber ich habe in der Tat die Erfahrung gemacht, dass Dinge geschehen, ohne dass man irgendetwas dazu *tut.* Das finde ich erstaunlich, ja, bemerkenswert."

„So stehen wir jetzt, ohne dass wir etwas dazu beigetragen haben, im Stau." Sie legte den Leerlauf ein und lehnte sich zurück. „Ihre These scheint sich zu bewahrheiten. Haben Sie gemerkt?"

Sie drehte das Radio an. „Vielleicht melden sie den Stau. Dann wissen wir wenigstens, woran wir sind." Sie schwieg, legte den Kopf zurück und schaute in den Himmel. Johann Bleibtreu konnte sehen, dass sie die Augen geschlossen hatte. Was mochte sie jetzt denken? Was dachte sie von ihm? Die dumpfe Ahnung beschlich ihn, dass sie mehr von ihm zu wissen schien, als nur die Tatsache, dass er Professor der Medizin ist. Und er, was wusste er von ihr? Eigentlich nichts. Er sah sie an, ihre dunklen, vom Fahrtwind zerzausten Locken, das gut geschnittene Gesicht, den vollen, roten Mund. Ihre Hände ruhten im Schoß, den Motor hatte sie abgestellt.

Margarete kam ihm in den Sinn. Hatte er sie gerade rufen gehört? Doch so sehr er sich bemühte, er konnte ihre Stimme nicht hören. Hatte er sich getäuscht? Ihre Stimme war sonst immer klar und gut vernehmbar, wenn sie aus den Tiefen seines Seins widerhallte. So vertraut.

„Was für Gesetze des Lebens kennen Sie sonst noch?"

Noch immer hatte sie den Kopf zurückgelegt und schaute in den Himmel. Fast zweifelte er, dass ihre Worte an ihn gerichtet waren.

„Meinen Sie die Naturgesetze?"

„Sind das die Gesetze des Lebens, Professor?" Nun wandte sie sich ihm wieder zu.

„So habe ich es jedenfalls einmal gelernt."

„*Gelernt ....*", sagte sie mit eigentümlicher Betonung. „Sie haben es ... *gelernt.*"

„Ja, gelernt. Früher einmal. Und dann beim Studium natürlich, da lernt man unzählige Regeln und Gesetze kennen und anwenden." Er überlegte einen Augenblick. „Zum Beispiel all die Regelkreise im menschlichen Körper. Die sind fast vergleichbar mit einem Naturgesetz, nur, dass von Naturgesetzen eher in der Physik gesprochen wird."

„Die Regelkreise des menschlichen Körpers haben Sie also gelernt, Professor", fuhr sie fort, nicht, ohne ihn dabei durch ihre schwarze Sonnenbrille anzusehen. „Kennen Sie wirklich alle Regelkreise im Menschen? ... Kennen Sie Ihre eigenen Regelkreise?"

„Selbstverständlich kenne ich die. Sie sind ja nicht anders, als bei anderen Menschen!"
„Genau, Professor, das ist es ja gerade, was mich bei Ihnen so außerordentlich erstaunt!"

Sie lachte.

Sie lachte dieses besondere Lachen, das er von ihr schon kannte, und von dem er nie sicher wusste, was es zu bedeuten hatte.
„Manche Regelkreise scheinen bei Ihnen anders zu laufen als bei den meisten anderen Menschen. Oder, Sie ..."
„Oder was?"
„Oder Sie sind sich Ihrer Regelkreise nicht bewusst."

Sie drehte den Schlüssel im Zündschloss und ließ den Wagen wieder an. Die Autos hatten sich wieder in Bewegung gesetzt. Die Fahrt ging weiter. Johann Bleibtreu schwieg. Die neuerliche Wendung des Gespräches war ihm peinlich, begann er doch zu ahnen, was Sie mit ihren Ausführungen gemeint haben könnte. Er saß hier in diesem Sportwagen neben einer fremden Frau, die ihn zu einem Bahnhof bringen wollte und führte Gespräche, die er in dieser Weise noch nie mit einem Menschen geführt hatte. Gespräche über ihn selbst. Dennoch musste er sich eingestehen, dass irgendetwas von ihr ausging, was er anziehend fand. Dabei kannte er sie ja kaum. Wohl hatten ihre Stimme und ihr Lachen einen mittlerweile beinahe vertrauten Klang, doch, was wusste er schon von ihr? Nichts. Gar nichts.
„Wie ist denn eigentlich Ihr Name?"

Sie schaute in den Rückspiegel, dann kurz zu ihm.
„Geben Sie mir einen Namen."

„Aber Sie müssen doch einen Namen haben!", entgegnete er ungewohnt heftig.
„Ich heiße so, wie Sie mich nennen möchten", erwiderte sie ruhig. „Ich bin die, zu der sie mich machen."
„Ich jedenfalls, ich bin ..."
„Pscht!", fuhr sie dazwischen, „sagen Sie nichts. Ich bin gerade dabei herauszufinden, wer Sie *wirklich* sind."
„Und Sie, wer sind Sie?", fragte er mit Nachdruck.

Sie lachte. „Ach, mein lieber Professor!" Hinter ihnen hupte jemand. „Vielleicht sollten Sie sich die Mühe machen, es herauszufinden. Sofern Sie es wirklich wissen möchten."

Er seufzte. Er wusste nicht, was er sagen sollte.

Sie fuhren soeben nach Garmisch hinein, und sie suchte nach Hinweisschildern zum Bahnhof. Gemeinsam fanden sie den Weg, doch es gab keine Parkplätze. Johann Bleibtreu sah beunruhigt auf die Uhr. Der Stau hatte mehr Zeit gekostet, als er vermutet hatte. Zudem hatte er durch das Gespräch die Zeit ganz vergessen. Es war äußerst knapp. Sein Zug fuhr in wenigen Minuten. Sie stellte ihren Wagen im Parkverbot ab und zusammen hasteten sie durch die Bahnhofshalle auf die Bahnsteige hinaus. Der Bahnhof war nicht groß, aber sie mussten dennoch die Unterführung benutzen, um auf Gleis 3 zu gelangen. Kein Abschied, dachte er. Dafür ist keine Zeit mehr, und ich weiß noch nicht mal ihren Namen. Er stürzte die Treppe hinauf. Sie war ein wenig hinter ihm zurückgeblieben. Der Zug stand noch. Er wandte sich um, zögerte einen Augenblick, sah zum Zug, sah zu ihr, wartete. Der Zug stand noch, wartete. Noch ein paar Stufen, dann hatte sie ihn erreicht. Doch noch. Er reichte ihr die Hand, zog sie beinahe hinauf zu sich. Ein schriller

Pfiff. Er stöhnte. Sie keuchte. Der Zug fuhr an. Er rannte, winkte, rief. Der Zug fuhr weiter. Er ließ die Arme sinken. Sie war ihm gefolgt, stand jetzt neben ihm.

„Sie ... Sie haben auf mich gewartet."

Johann Bleibtreu wandte sich um und sah sie an. Er wusste nicht, was er sagen sollte. Er wusste nicht, was stärker war, seine Verlegenheit oder sein Ärger über den verpassten Zug.

„Ja", gestand er, „ja, das habe ich."

Sie schaute zu ihm auf und lächelte. „Ich bringe Sie nach München, Professor, schneller, als dieser Zug hier." Sie drückte seine Hand. Versprochen.

Johann Bleibtreu folgte ihr zum Wagen.

Ob sie den Zug tatsächlich einholen würden wusste er nicht. Er wusste auch nicht, wie gegebenenfalls seine Zugverbindung für die Weiterfahrt sein würde, wenn sie ihn nicht mehr erreichen sollten. Ebenso wenig konnte er abschätzen, wann er zu Hause ankommen würde. Er wusste nur eines sicher: Er musste weiterkommen. Und er wusste noch etwas, nämlich, dass er dieses Weiterkommen nicht im Geringsten beeinflussen konnte. Ein weiterer Stau, eine Reifenpanne. Er saß nicht in seinem eigenen Wagen, saß nicht selbst am Steuer, konnte die Geschwindigkeit nicht bestimmen. Ebenso gut könnte er jetzt stattdessen im Zug sitzen mit der relativen Gewissheit, zum geplanten Zeitpunkt in München anzukommen. Und doch, war es nicht *sein* Verschulden gewesen, dass er den Zug versäumt hatte? Fast schämte er sich dafür. Was mochte sie jetzt denken? Warum ...

„Warum tun Sie das für mich?"

Sie zögerte. „Sie haben auf mich gewartet", antwortete sie, „da kann ich Sie doch nicht einfach stehen lassen."

„Sie sind aber trotzdem nicht verpflichtet, mich bis nach München mitzunehmen", wandte er ein. Sie setzte zum Überholen an, schwieg einen Moment.

„Sie brauchen jemanden, der Sie mitnimmt", entgegnete sie, „sonst kommen Sie nicht weiter. Sonst kommen Sie nie ans Ziel."

„Ich hätte nur auf den nächsten Zug warten müssen", sagte er und stellte den Kragen seines Mantels.

„Man hat nicht immer Zeit auf eine nächste Gelegenheit zu warten, Professor. Manchmal muss man die am Schopf ergreifen, die sich bietet." Sie schaute kurz zu ihm herüber. „Ist Ihnen kalt?"

„Der Wind bläst einem ganz schön ins Gesicht, hier, in Ihrem offenen Wagen", sagte er. „Trotzdem möchte ich Ihnen danken. Ich meine, Sie hätten es wirklich nicht tun müssen. Schließlich war es mein Fehler, dass ich den Zug verpasst habe."

Wieder überholte sie einen Wagen und blieb auf der linken Spur. „War es denn wirklich ein Fehler?"

„Na ja", er hielt inne, dachte einen Moment nach.

„Bereuen Sie es?", kam sie ihm zuvor, bevor er ihre vorangegangene Frage beantworten konnte.

„Nein", versicherte er, „nein, nein, das ist es nicht, ... nur ..."

„Sitzen Sie unbequem oder stört Sie sonst etwas?"

„Nein, nein, ... wirklich, es ist alles ganz wunderbar", beteuerte er.

„Was ist es dann? Warum war es ein Fehler, den Zug zu verpassen?"

Johann Bleibtreu seufzte.

Was sollte er antworten, ohne ihr zu nahe zu treten?

„Ich wollte nicht in den Zug steigen, ohne mich von Ihnen nicht wenigstens verabschiedet zu haben. Deshalb habe ich gewartet." Er wagte nicht sie anzusehen.

„Ich weiß", sagte sie langsam, ohne den Blick von der Straße zu wenden.

„Und außerdem", fügte er hinzu, „außerdem wusste ich noch immer nicht, wer Sie sind."

Sie schwieg.

Er wagte es nicht, sie noch einmal nach ihrem Namen zu fragen. Sie schien, warum auch immer, ihn nicht mitteilen zu wollen. Aber sie fragte auch nicht nach dem seinen. Er dachte an seine Kollegen, seine Patienten. Ihre Namen wusste er. Jeder Patient hatte seine Krankenakte. Er konnte sie alle mit Namen ansprechen. Dadurch wurden sie für ihn konkret, fassbar, dadurch wurden sie überhaupt zu *jemandem.* Und doch: Was wusste er von ihnen? Seine Kollegen trugen Namensschilder am Mantel. Auch das Pflegepersonal. Doch was wusste der Patient von ihnen? Er schaute zu ihr hinüber, wie ihr langes, lockiges Haar im Fahrtwind tanzte. Fühlte er sich ihr, der Namenlosen, nicht näher, als irgendeinem Anderen, dessen Namen er kannte? Und Margarete? Sie hatte auch einen Namen. Wie oft hatte er sie mit diesem Namen gerufen. Er versuchte sich ihr Bild ins Gedächtnis zu holen. Schemenhaft nur erschien es vor seinem geistigen Auge, konturenlos und blass. Da war der Zopf, den er schon tausend Mal berührt hatte, ihre Schultern, der lange Rücken, die Schenkel zeichneten sich ab. Es war anders. Irgend etwas war anders. Er wusste,

Margarete konnte sich nicht verändert haben, und doch war sie nicht mehr die gleiche.
„Wenn wir in München ankommen", begann sie langsam, nachdem sie wieder auf die rechte Fahrbahn gewechselt hatte, „werden Sie mir die Hand schütteln, sich für alles bedanken, was ich für Sie getan habe, sich von mir verabschieden, Sie werden in den Zug steigen, sich einen Platz suchen, sie werden kurz winken, und sobald der Zug den Bahnhof verlassen hat, werden Sie wissen, dass Sie mich niemals mehr wiedersehen werden. Es wird ein Abschied für immer sein."

Johann Bleibtreu sah sie an, als hätte sie soeben etwas völlig Unfassbares gesagt. Er holte Luft, wollte etwas sagen, doch sie kam ihm zuvor.
„Sie wissen, dass es so ist."

Die Sonne war schon seit einiger Zeit hinter Wolken verschwunden. Der Himmel bezog sich. Sie setzte ihre Sonnenbrille ab.
„Wir sind beide aufgebrochen heute Morgen, um einen Teil der Strecke gemeinsam zu gehen. Ich habe Sie mitgenommen, weil Sie ohne mich überhaupt nicht vom Fleck gekommen wären. Aber wir werden schon gleich voneinander Abschied nehmen, Professor. Den Rest des Heimwegs müssen Sie allein zurücklegen."

Etwas in ihm wehrte sich gegen ihre Worte, die so unwiderlegbar zwischen ihnen standen. Er wollte etwas sagen, ihr widersprechen, wollte etwas tun.

Sie hatten die Stadtgrenze von München erreicht. Die Zeit schien davonzulaufen, ließ sich nicht anhalten. Unausweichlich näherten sie sich dem Bahnhof. Sie sagte nichts mehr. Er starrte auf die Straße, auf die Wagen vor ihnen, nahm nichts wahr. Er suchte nach Worten, doch was sollte er sagen? Noch eine Kurve, wieder grün, grüne Welle, kein Aufschub mehr. Genügend Parkplätze. Sie stiegen aus, betraten den Bahnhof. Hunderte von Menschen. Er nahm sie nicht wahr. Sie orientierten sich, suchten nach einem Zugfahrplan. Sein Zug war noch nicht abgefahren. Sie waren rechtzeitig, brauchten nicht zu rennen. Sie erreichten den Bahnsteig, auf dem ebenfalls sehr viele Menschen warteten. Alle wollten abfahren, irgendwohin, oder warten auf irgendjemanden. Er stellte seinen Koffer ab. Es war kalt wie immer auf Bahnhöfen. Sie stand neben ihm, wartete. Keiner sagte ein Wort. Der Lautsprecher kündigte die Einfahrt seines Zuges an. Sein Zug. Er sah sie an, reichte ihr die Hand, bedankte sich still. Sie nickte schweigend. In ihren Augen schwammen Tränen. Er verabschiedete sich, ebenso still. Ihr kirschroter Mund schwieg. Der Zug fuhr ein. Der Fahrtwind blies durch ihre dunklen Locken. Er stieg ein, suchte sich einen freien Platz am Fenster. Der Zug war nicht sehr voll. Er ließ sein Gepäck zwischen den Sitzen stehen und trat sofort ans Fenster, öffnete es, suchte sie, winkte. Sie hatte sich bereits zum Gehen gewandt. Er winkte heftiger, wollte rufen, rief irgendetwas. Er wollte ihren Namen rufen, doch welchen? Ein Pfiff, der Zug fuhr an. Langsam, ganz langsam, dann immer schneller und schneller. Der Wind blies ihm ins Gesicht, die Menschen auf dem Bahnhof verloren sich in der Ferne. Er hatte auch sie aus den Augen verloren. Sie hatte sich noch nicht einmal mehr umgedreht.

Heimkehr

Johann Bleibtreu ließ sich erschöpft auf seinen Sitzplatz fallen. Es war ein Fensterplatz.

Der Himmel wölbte sich grau über die farblosen Außenbezirke der Stadt, die ihm genauso grau erschienen. Grau und trostlos. Die Stimmung draußen entsprach seiner Stimmung. Grau und trostlos. Was war geschehen? Er saß genau in dem Zug, den er ursprünglich hatte nehmen wollen, der ihnen in Garmisch davongefahren war. *Ihnen*? Warum *ihnen*? *Ihm* war der Zug davongefahren. Und doch spürte er, dass es nicht ganz stimmte. Wie freundlich war es von ihr gewesen, ihn bis nach München mitzunehmen. Ob es nicht doch ein Umweg für sie war, hatte sie nicht gesagt. Er merkte, dass er irgendwie enttäuscht war, obwohl er sich eigentlich freuen müsste, weil alles schließlich noch so gut geklappt hatte. Er hatte mühelos seinen Zug und einen Platz am Fenster bekommen, das Abteil war nicht ganz besetzt, und er würde wohl eine ruhige Fahrt haben. Er war auf dem Heimweg.

Die Stadtgrenze hatte der Zug schon hinter sich gelassen. Er gewann zunehmend an Geschwindigkeit. Gleich würde er in bekannter Weise durch die Landschaft rasen, unaufhaltsam seinem Ziel entgegen.

Es gab kein Zurück.

Johann Bleibtreu schloss die Augen. Er wollte nicht wirklich zurück, nicht zurück an den Eibsee, nach Garmisch oder sonst wo hin. Aber er hatte zum ersten Mal in seinem Leben den Wunsch, die Zeit zurückdrehen zu können. Nur um eine halbe Stunde. Das würde genügen. Genügen, um das Versäumte nachzuholen. Genügen, ihr aufrichtig danke zu sagen, vielleicht noch ein paar Worte des Abschieds mit ihr zu wechseln. Die meisten Reisenden auf Bahnsteigen nehmen von irgendjemandem Abschied. Hatte er in ihren Augen nicht sogar Traurigkeit gesehen, als er ihr die Hand gedrückt hatte? Jetzt fiel ihm ein, was er alles hätte sagen können. Jetzt. Die Zeit hätte genügt, genügt vor allem, um sie noch einmal nach ihrem Namen zu fragen. So blieb sie nun eine Fremde, eine fremde Namenlose mit dunklen Locken, schwarzen Augen und einem großen, kirschroten Mund.

Margarete!

Sein Kopf schien voll von grauem Nebel. Er konnte nichts sehen.

Margarete!

In seinem Kopf ein graues, trostloses Nichts.

Margarete, wo bist du? Ich kann dein Bild nicht sehen, Liebste, sprich zu mir! Du hast einen Namen, aber kein Gesicht. Sie hat ein Gesicht, aber keinen Namen.

Wie von unendlich weit her glaubte er Margaretes weiche Stimme durch die grauen Nebel dringen zu hören. Sie war gekommen. Noch einmal. Die Vertraute. Das Vertraute.

Ich weiß nicht, wie sie heißt, aber ich muss ihr einen Namen geben, hörte er sich sagen. Sag mir, Margarete, darf ich ihr deinen geben?

Er war unsicher, wartete auf ihre Antwort.

Es gibt nicht nur eine Margarete, hallte es in seinem Innersten wider. *Jede, die du so nennst, heißt so.* Und du, wollte er wissen, was denkst du? Macht es dir nichts aus, wenn ich sie so nenne? *Nein, du kannst sie Margarete nennen. Aber dann gehe ich. Dann mache ich ihr Platz.*

Nein! ... Nein, geh nicht! Bleib, bitte bleib! Ich brauche dich, geliebte Margarete. Aber so sage mir doch, warum drehst du dich nicht um, nicht ein Mal, nicht wenigstens ein einziges Mal? Ich möchte dein Gesicht sehen, endlich, nach all den Jahren. Deine Augen, deinen Mund, sehen, wie du sprichst, wie du weinst, wie du lachst .... warum ... ? *Du wirst es sehen, Johann Bleibtreu. Mach nur die Augen auf. Ich bin überall.* Wie bitte? Was meinst du mit .... ? Doch Margaretes Bild verblasste. Ihre Antwort, so es noch eine gab, konnte er nicht mehr hören.

Verzweifelt und angestrengt lauschte Johann Bleibtreu in sich hinein. Er wollte sie nicht gehen lassen. Seine Augen versuchten das Grau des Nebels auf der Suche nach ihrem Bild zu durchdringen, doch er konnte sie nicht mehr finden. Er ahnte, dass er sie ebenfalls verloren hatte. Margarete war zurückgeblieben, irgendwo, er wusste nicht wo. Auch von ihr hatte er nicht mehr Abschied nehmen können.

Der Zug raste weiter durchs Land dem nächsten Bahnhof entgegen. Die Abteiltür ging auf. Ob jemand etwas zu Trinken wolle. Ein Fahrgast nahm einen Kaffee, ein anderer ein Bier. Die Abteiltür schloss sich. Die Minibar quälte sich weiter durch die schmalen Gänge des Zuges. Tür auf, immer die gleiche Frage, Tür zu, weiterschieben. Den ganzen Tag lang. Gleich würde der Schaffner kommen. Tür auf, immer die gleiche Frage, Fahrkartenkontrolle, Tür zu, immer weiter, durch den gesamten Zug und nach dem nächsten Bahnhof wieder zurück.

Da fiel Johann Bleibtreu seine Aktentasche mit den Vortragsunterlagen ein. Mein Gott, wo war sie? Er sprang auf. Nein, beim Koffer in der Gepäckablage lag sie nicht. Aber hier im Abteil war sie auch nicht. Er sank auf seinen Fensterplatz zurück. Er musste sie irgendwo stehen gelassen haben. Aber wo? Entweder hatte er sie auf dem Bahnsteig vergessen, oder er hatte sie in ihrem Wagen liegen lassen. Wenn er sie in ihrem Wagen vergessen hatte, dann würde sie sie finden. Spätestens bei ihrer Ankunft zu Hause. In der Aktentasche war seine Adresse, sein Name, seine Anschrift, seine Telefonnummer, die der Klinik und die private. Sie würde seinen Namen erfahren, sie würde erfahren, wer er ist. Sie würde sich vielleicht melden. Was sollte sie mit seiner Tasche schon anfangen? Sicherlich würde sie sich melden, ihm sagen, sie habe seine Tasche gefunden. Er könnte aber auch, erst einmal zu Hause angekommen, selbst versuchen herauszubekommen, wer sie ist. Er könnte beispielsweise im Hotel anrufen und nach einer Dame mit dunklen Locken und einem kirschroten Mund fragen. Er würde sie beschreiben. Er hatte doch mit ihr am Empfang gestanden, mehrmals. Vielleicht würde die Uniformierte sich erinnern. Oder das Mädchen vom Frühstücksservice. Die würde sich gewiss erinnern. Sie saß doch bei ihm am Tisch. Es war doch sonst nirgends Platz gewesen. Beinahe hoffte er, er möge seine Tasche tatsächlich bei ihr im Wagen vergessen haben.

Seine Stimmung hellte sich auf.

Er malte sich aus, was er am Telefon sagen würde. Jetzt hatte er ja genügend Zeit, sich alles zurechtzulegen. Jedes Wort. Dann würde er alle die Dinge, die er am Bahnsteig versäumt hatte zu sagen, nachholen. Noch einmal ein herzliches Dankeschön, und dass die Fahrt sehr angenehm gewesen sei. Ach, und das bisschen Wind. Was machte das schon. Er hatte es genossen, sich die kühle Luft des Morgens ins Gesicht blasen zu lassen! Was hätte er ohne sie auch gemacht? Festgesessen hätte er, wenn sie ihn nicht mitgenommen hätte. Und überhaupt, schon auf dem Zugspitzgipfel hatte sie ihm geholfen, ihn sicher nach unten begleitet. Ach, und der eine Martini! Wie albern von ihm. Wie peinlich. Zwei hätte sie trinken sollen. Er bereute es, nicht großzügiger gewesen zu sein. Und dann ihre Schlafprobleme. Auch da wollte er noch einmal nachfragen. Er war nicht nett gewesen. Vielleicht würde er ihr doch helfen können. Immerhin war es ja sein Beruf.

Die Gedanken kamen und gingen. Worte, Satzfetzen bildeten sich und lösten sich auf. Die Vorstellung, seine Tasche bei ihr im Auto vergessen zu haben, versetzte ihn in große Erregung. Wie ein Hoffnungsschimmer spann sich ein silberner Faden der erwartungsvollen Vorfreude am Horizont seiner Gefühle entlang. Er hoffte auf ihren baldigen Anruf. Hoffte auf ein Gespräch mit ihr. Hoffte, das Versäumte nachholen zu können. Er freute sich darauf, ihre Stimme zu hören. Ihren leisen Spott, der doch niemals kränkend war. Ihr frisches Lachen. Und vielleicht würde er auch diesen kirschroten Mund wieder einmal sehen? Er erschrak ob dieses Gedankens. Hoffentlich würde sie bald anrufen, nicht zu lange warten.

Diese Form von Ungeduld war ihm neu.

Hoffentlich würde er bald ankommen.

Ob sie es vielleicht sogar schon versucht hatte, ihn zu

erreichen. Er hatte keinen Anrufbeantworter. Unsinn! Sie weiß doch, dass ich noch ein gutes Stück des Weges vor mir habe, dachte er.

Der Zug raste weiter seinem Ziel entgegen.

Johann Bleibtreu hielt die Augen geschlossen. Das eintönige Fahrtgeräusch übertrug sich auf seinen Körper und getragen von dem Wunsch, dass die schicksalhaften Fügungen des Lebens in diesem Falle auch einmal für ihn gearbeitet hatten, schlief er ein. Er träumte, er sei in seinem Büro im Krankenhaus. Dort sitzt er an seinem Schreibtisch und betrachtet wie so oft das Bild an der Wand. Margaretes Bild. Die wunderschöne Kohlezeichnung mit dem verführerischen Schwung. Er steht auf, steht vor ihr. Er sagt, sie möge sich umdrehen. Er befiehlt es ihr. Nichts geschieht. Er befiehlt ihr noch einmal, sie solle sich umdrehen. Nichts. Er wird zornig, schreit sie an. Nichts. Wütend greift er nach dem Bild und dreht es um. Zum ersten Mal. Er schaut in Margaretes Gesicht.

„Ist hier jemand namens Johann Bleibtreu?" In der Türe des Abteiles stand der Schaffner.

„Warum?" Johann Bleibtreu schreckte hoch und sah den Schaffner verwirrt an.

„Auf dem Bahnsteig wurde eine schwarze Aktentasche gefunden und bei mir abgegeben. Der Inhaber muss hier in diesem Zug sein. Vermutlich ein *Johann Bleibtreu.*" Der Schaffner schaute fragend ins Abteil. Die anderen Fahrgäste schüttelten die Köpfe.

„Wer ist Johann Bleibtreu?", fragte einer von ihnen.

„Keine Ahnung", antwortete der Schaffner und zuckte mit den Schultern. „Irgendein Professor, der irgendwelche

Unterlagen in der Tasche hat. Ich dachte, der braucht sie vielleicht. Könnte ja was Wichtiges sein. Deshalb."

Der Schaffner kontrollierte die Fahrkarten, und schob die Abteiltür wieder zu. Johann Bleibtreu rührte sich nicht. Er war wie gelähmt. Er konnte nicht glauben, was er soeben gehört hatte.

Alles verloren.

Alles hatte er verloren, jetzt, in diesem Augenblick. Die junge Frau mit dem kirschroten Mund war im Nichts verschwunden. Margaretes Bild hatte sich aufgelöst. Das, was er wiederhaben konnte, seine Vortragsunterlagen, das wollte er nicht mehr. Nun, wo die Tasche ihm noch nicht einmal mehr helfen konnte, die junge Frau wieder zu finden, wozu sollte er sie jetzt noch brauchen. Alle seine Gedanken, Hoffnungen und Wünsche zerrannen als Tausende kleiner Rinnsale, die in der Erde versickerten.

Wer ist Johann Bleibtreu? hatte einer der Reisenden gefragt. Er hatte nicht geantwortet. Er hatte geschwiegen.

Er wusste die Antwort nicht.

Es war später Nachmittag, aber noch nicht dunkel. Johann Bleibtreu schaute aus dem Fenster, sah die Felder und die Wiesen, die Äcker und die Dörfer, die Autobahn und die kleinen Bahnhöfe, durch die der Zug hindurchfuhr, ohne zu halten. Bald würde er zu Hause ankommen. Bald würde er heimkehren. Doch von was für einer Reise? Einer Reise, auf der er viel gelassen und nichts behalten hatte. Eine Reise, auf der er viel verloren und nichts gewonnen hatte. Drei Tage für nichts. Drei Tage, auf die er hätte verzichten können. Nichts brachte er mit nach Hause, nichts von dem, was er mitgenommen hatte, nichts von dem, was ihm wichtig gewesen war. Nichts von dem, was er zurückgelassen hatte, würde er bei seiner Heimkehr wiederfinden.

Und doch spürte er, dass etwas anders war.

In der unendlichen Leere seines Inneren begann sich am Boden ganz langsam etwas abzusetzen. Es bildete sich ein neuer Grund. Dieser Grund hatte all die Gefühle und Gedanken, Erlebnisse und Erfahrungen aufgenommen, die er in den vergangenen drei Tagen gemacht hatte. Wie in einem aufgewühlten Wasser, erst undurchsichtig und trüb, dann immer klarer werdend, setzten sich die Teile langsam auf dem Grunde ab. Die Leere hatte einen Boden bekommen, einen Boden, der nicht fest war, doch der immerhin zu spüren war und den er unter seinen Füßen fühlen konnte.

Und während der Zug die letzten Kilometer der Strecke zurücklegte, begann Johann Bleibtreu sich zaghaft aber neugierig in dieser Leere umzusehen. Er erkannte, etwas Leeres kann auch wieder gefüllt werden. Das ist ein Naturgesetz. Er mochte Naturgesetze. Sie haben etwas Verlässliches. Sie waren und bleiben ein Teil des Grundes, auf dem er stand.

Johann Bleibtreu begann seinen Namen zu mögen.

Zum ersten Mal.

Der Zug lief in den Bahnhof ein. Johann Bleibtreu erhob sich und nahm seinen Koffer von der Gepäckablage. Endstation. Zu Hause.

Alle Fahrgäste stiegen aus. Auf dem Bahnsteig standen Hunderte von Menschen, Reisende, die ihre Reise antreten wollten. Seine Reise war zu Ende. Er trat aus dem Abteil, wurde durch den Gang geschoben. Hinter ihm drängten die

Fahrgäste nach draußen, nahmen ihn mit. Johann Bleibtreu stieg aus und blieb stehen. Er stellte seinen Koffer ab, sah auf die Bahnhofsuhr und holte tief Luft. Für einen kleinen Moment wollte er noch verweilen, all die Menschen um sich herum wahrnehmen, sich in ihrer Mitte fühlen, bevor er sich ein Taxi suchte. Mütter und Kinder, Schaffner und Paare, Köpfe, alte, junge, große und kleine, blonde und dunkle, wohin er schaute. Jemand rempelte ihn an, hastete wortlos weiter. Jemand rannte seinen Koffer um, rannte eilig weiter. Johann Bleibtreu griff nach seinem Koffer und wollte gehen, da sah er mitten unter all diesen Köpfen einen mit einem langen, blonden, lose zusammengebundenen Zopf, aus dem sich eine Strähne gelöst hatte. Sein Herz begann schneller zu schlagen. Er machte einen Schritt in die Richtung, in der er soeben den Zopf gesehen hatte. Schon schien er verschwunden, war untergegangen unter all den anderen Köpfen. Er stellte sich auf die Zehenspitzen. Da erhaschte er wieder einen Blick auf den Zopf, irgendwo, zwischen Dutzenden von Köpfen. Er begann zu laufen, stieß schimpfende Menschen zur Seite, hastete wortlos weiter, stieß jemandem mit seinem Koffer in die Beine, drängte wortlos vorwärts, stolperte, keuchte, kam ihr näher, rief: „Margarete!"

Sie blieb stehen, zögerte, drehte sich schließlich um. Endlich.

„Endlich", flüsterte Johann Bleibtreu und blickte in ihr verwundertes Gesicht, „endlich!"